U0561077

Turczi István válogatott versei

# Reggelre megöregszünk

Turczi István válogatott versei

# 到清晨我们就会老去

［匈牙利］图尔茨·伊什特万　著

余泽民　译

GUANGXI NORMAL UNIVERSITY PRESS
广西师范大学出版社
·桂林·

# 到清晨我们就会老去

DAO QINGCHEN WOMEN JIU HUI LAO QU

著作权合同登记号桂图登字：20-2023-190 号

**图书在版编目（CIP）数据**

到清晨我们就会老去 / （匈）图尔茨·伊什特万著 ；
余泽民译. -- 桂林 ：广西师范大学出版社，2023.10
ISBN 978-7-5598-6394-2

Ⅰ. ①到… Ⅱ. ①图… ②余… Ⅲ. ①诗集－匈牙利
－现代 Ⅳ. ①I515.25

中国国家版本馆 CIP 数据核字（2023）第 174473 号

---

广西师范大学出版社出版发行
广西桂林市五里店路 9 号　邮政编码：541004
网址：http://www.bbtpress.com
出版人：黄轩庄
全国新华书店经销
北京中科印刷有限公司印刷
北京市通州区宋庄工业区一号楼 101 号　邮政编码：101118
开本：880 mm × 1 230 mm　1/32
印张：6.125　　字数：75 千
2023 年 10 月第 1 版　　2023 年 10 月第 1 次印刷
印数：0 001~6 000 册　　定价：48.00 元

---

# 睿智的思想与词语开辟的天地

## ——2023年度“1573国际诗歌奖”颁奖词

**“1573国际诗歌奖”评委会主席　吉狄马加**

图尔茨·伊什特万（Turczi István，1957—）是当代匈牙利最具原创性和现代性的重要诗人，是无可争议的匈牙利诗学的承继者和开拓者之一。在长达四十年的创作生涯中，他始终保持在场——在生活现场、社会现场和诗歌现场，用开阔的心性、敏锐的观察、睿智的思想和求变的词语辟出了一个宽广而多彩的诗歌天地。

他的诗将裴多菲·山多尔以来所形成的匈牙利诗歌传统，在更现代的空间与维度上，扩展到了一个更关注个人生命价值和以语言为核心的场域。其诗歌主题从凡夫情感到人类命运，从社会新闻到环保和战争，从当下生活到悠远古老历史，从情欲探索到慎独哲思，与其说诗人通过诗歌写作不断探究自身存在，更准确地说是探究影响并决定个体存在的各种因素——时间与空间，人情与环境，历史与世界。

身为有着犹太血统的匈牙利诗人，他不仅从创作生涯的一开始就与匈牙利历史保持了紧密的联系，同时还自觉担负起传承犹太文化的责任，他的诗歌始终与时代同步，多棱镜般地折射出的现实的真相，也正因如此，为保持其诗歌的行动力和在形式上的创新，诗人锤炼出只属于自己的、与时共进的诗歌语言，包括有趣的结构，丰富的隐喻，与内容相配的语调，耐人深思或近似智力游戏的结构。

总之，他的诗歌中所呈现出的现代性、革新性、世界性和敏锐嬗变的娴熟技巧，均基于他试图通过诗歌写作解决存在问题的诗学理念，而这也正好证明了一个事实，那就是他发出的声音永远不可能被别人所替代。

有鉴于此，我们将 2023 年度“1573 国际诗歌奖”颁发给当代匈牙利诗人的杰出代表之一图尔茨·伊什特万。

2023 年 10 月 19 日

# A bölcs gondolatokkal és szavakkal felfedezett új világ

## ——A 2023. évi "1573 Nemzetközi Költészeti díjátadó"

Jidi Majia, a "1573 Nemzetközi Költészeti Nagydíj" zsűrije elnökének laudációja

Turczi István a legeredetibb, legmodernebb, jelentős kortárs magyar költők egyike, elvitathatatlanul a magyar poétika örököse és úttörője. Negyven éves alkotói pályafutása során folyamatosan megőrizte jelenlétét a mindennapi, a társadalmi és a költészeti életben, nyitott szellemiségével, éleslátásával, bölcsességével és változni igyekvő szavakkal grandiózus és sokszínű költészeti világot teremtett.

Versei a Petőfi Sándor óta kialakult magyar költészeti hagyományt egy modernebb térben és dimenzióban olyan területre terjeszti ki, amely a nyelvvel a középpontban még inkább a személyes élet értékére összpontosít. Verseinek témái a hétköznapi érzésektől az emberiség sorsáig, a társadalmi hírektől a környezetvédelemig és a háborúig, mostani életünktől a távolba vesző ókori történelemig, a szerelmes vágy feltárásától a filozófikus elmélkedésig terjednek, azt is mondhatjuk, hogy a költő a költeményeinek alkotása révén folyamatosan a saját létét kutatja, még pontosabban, az egyén létét befolyásoló és meghatározó különféle tényezőket vizsgálja – az időt és a teret, az emberi érzéseket és környezetet, a történelmet és a világot.

Zsidó felmenőkkel rendelkező magyar költőként, nemcsak alkotói pályája kezdetétől szoros kapcsolatot őriz a magyar történelemmel, hanem tudatosan vállalja a zsidó kultúra átörökítésének felelősségét is, költészete mindvégig együtt haladt a korral, mintegy többszögű prizmaként visszatükrözve a valóság valódi képeit. S éppen emiatt, azért, hogy költészetének cselekvő erejét és formai újításait megőrizze, gondosan egy csak rá jellemző, a korral lépést tartó költői nyelvezetet csiszolt ki, amelyre az érdekes szerkezetek, a gazdag metaforák, a tartalomhoz illeszkedő hangszín, és az elgondolkodtató vagy intellektuális játékhoz hasonló szerkezetek jellemzők.

Egyszóval a verseiben megmutatkozó kortárs, újító és kozmopolita jelleg, valamint az érzékeny és tűpontos, változatos és gyakorlott technika mind azon a poétikai elgondolásán alapul, hogy költemények alkotása révén próbáljon megoldani létkérdéseket, ami szintén annak a ténynek a bizonyítéka, hogy amilyen hangon ő szól, azt más soha nem helyettesítheti.

Ezért a 2023. évi “1573 Nemzetközi Költészeti Nagydíjat” Turczi Istvánnak, a kortárs magyar költészet egyik kiemelkedő képviselőjének ítéltük oda.

2023. október 19.

# 译者序
# 与万物对话的图尔茨诗学

余泽民

2023年元月一个漆黑的冬夜，布达佩斯城中还可见零星残雪，少数行人还戴着口罩，在离多瑙河不远的一条寂静街道上，我找到一片像从童话小屋内投出的鹅黄色灯光，那里就是《匈牙利日记》杂志社开的小书店。屋里人头攒动，窗玻璃上罩了层欲滴的水雾，疫情尚未完全过去，这么多人会为一本新书聚集，还是挺出人意料的。诗人图尔茨·伊什特万是这晚的主角，不过这次发布的新书并非他自己的诗集，而是他翻译的苏格兰民族诗人埃德温·摩根[①]的诗集《魔鬼小手册》。

说起这本译作的起因，还有一个动人的故事：二十年前的一天，在索尔诺克[②]的一家温泉里，一位九十高龄的老诗人无意中在图尔茨身边发出一句叹息："我还欠了一笔债，我该去拜访一趟埃德温。"然而，就这么一句自言自语，居然叫图尔茨记在了心里，因为这位老

---

① 埃德温·摩根（1920—2010），20世纪最重要的苏格兰诗人之一，推动"苏格兰文艺复兴"的杰出诗人和翻译家。1999年，被选为首位"格拉斯哥桂冠诗人"，2004年，被授予"苏格兰马卡尔国家诗人"称号。去世后，根据诗人遗嘱用他的部分稿费设立"埃德温·摩根诗歌奖"，以鼓励苏格兰青年诗人。

② 索尔诺克，匈牙利中部亚斯–瑙吉孔–索尔诺克州的首府。

人不是别人，而是20世纪西方的传奇诗人、作家、翻译家法鲁迪·久尔吉[①]。几年后，图尔茨则借一次去苏格兰参加文学活动的契机，特意去探望生活在小城养老院的埃德温·摩根，代已经去世了的法鲁迪·久尔吉了结这份心愿，而且，图尔茨当面表示：他将翻译摩根的诗作，一是该让匈牙利读者了解这位重要的苏格兰诗人，二是想用这种方式，以匈牙利人的名义感谢老人，因为埃德温·摩根曾将——包括维莱什·山多尔[②]、尤哈斯·费伦茨[③]在内的——多位匈牙利诗人的作品翻译成了英语。现在，这两位世纪老人都已经过世，图尔茨仍恪守诺言，完成了自己对他们的承诺。透过这件事，可以看出图尔茨·伊什特万对诗歌的态度和为人的细节。

在匈牙利，熟悉图尔茨的朋友都知道，在当下匈牙利诗歌界，他是一个特殊的存在。他写，他译，他编辑，他组织，他行走，他是沟通本国与世界诗坛的桥梁，更是联结众诗人的纽带，在他的作品中有相当一部分是与古今诗人的诗歌对话，或摄取灵感重新阐释，或慎独沉思隔时空问答，或做诗学实验，或记录亲历的诗歌现场，因此，要想了解并走进匈牙利诗歌生活，是很难绕过图尔茨的。

我与图尔茨·伊什特万结识，就是通过多次的读书会或朗诵

---

① 法鲁迪·久尔吉（1910—2006），20世纪匈牙利著名作家、诗人、社会活动家，普利策纪念奖和科舒特奖得主，28岁时为逃避纳粹迫害而流亡西方，先后栖居于法国、英国、美国，后来在加拿大的多伦多生活多年。1988年返回匈牙利，他的旺盛而多产的创作生涯一直持续到2006年病逝。

② 维莱什·山多尔（1913—1989），20世纪匈牙利最重要的浪漫主义诗人之一，同时还是作家、文学家和翻译家，曾致力于译介中国文学，不仅翻译过《诗经》《道德经》，还是屈原、李白、毛泽东作品的重要译者。

③ 尤哈斯·费伦茨（1928—2015），匈牙利著名诗人，科舒特奖、尤若夫·阿蒂拉奖得主，获“民族艺术家”称号。

会。他是匈牙利当代著名诗人、作家、翻译家、编辑和文学活动家。1957 年 10 月 17 日，图尔茨出生在位于匈牙利西北部的陶陶城[①]，按照匈牙利人“姓在先名在后”的传统，图尔茨是姓，伊什特万是名，他的父亲也叫图尔茨·伊什特万，母亲名叫施律特·伊伦娜，他是家中的独子。谈到自己的姓氏和家族起源，他说“图尔茨”有“土耳其人”的意思，属于土耳其卡拉族的犹太家族，在土耳其占领匈牙利期间，他们的家族祖先主要定居在艾尔代伊地区[②]。至今在那里还能找到“图尔茨”的地名，据说当地特产帕林卡酒[③]，并且在他的记忆里，祖父和外祖父都是帕林卡酒的酿造高手。

童年对一个人的成长影响巨大，图尔茨最早的诗歌启蒙，就来自他的祖母纳吉·伊伦娜，祖母比诗人尤若夫·阿蒂拉[④]小两岁，虽然没有机会相见，但她格外爱读他的诗歌，于是老人读，孩子听，许多诗句潜移默化地沉积在他幼小的头脑里。

青少年时期，图尔茨·伊什特万在陶陶市厄特沃什·尤若夫中学读书，他这样回忆反叛期的那段快乐时光：“70 年代的我自负而愤青，放荡不羁，过着无拘无束、无忧无虑的生活，我爱我的母亲，迷恋赛车和美女，经常参加各种家庭聚会和摇滚音乐会。”据诗人回忆，那时候的他是个不守规矩的“问题少年”，不喜欢上课，不喜欢被灌输，不喜欢穿校服，在美丽的春日或假日里，他经常在胳肢

---

① 陶陶，匈牙利西北部的一座城市，由科马罗姆–埃斯泰尔戈姆州管辖。

② 艾尔代伊地区，即现在罗马尼亚境内的特兰西瓦尼亚，历史上的特兰西瓦尼亚公国，曾属于匈牙利王国，“一战”后因《特里亚农条约》割让给了罗马尼亚。

③ 帕林卡酒，匈牙利特产的水果白兰地。

④ 尤若夫·阿蒂拉（1905—1931），20 世纪匈牙利最伟大的诗人之一，20 世纪 50 年代，翻译家孙用在汉学家高恩德的帮助下首译《尤若夫诗选》。

窝下夹着一本新书去河边静静地阅读。由于经常无故旷课，他被所在的高中开除，理由是他拉低了全班同学的平均分数。庆幸的是，他结识了人生里一位重要的文学导师，他就是著名诗人沃什·伊什特万[①]，他经常登门造访，在沃什的讲解下，尤若夫·阿蒂拉走进了少年的内心，或许也正因如此，图尔茨的早期诗作明显受到尤若夫·阿蒂拉的影响。

离开了高中，图尔茨在社会上闯荡了一年，尝到谋生的苦辛。他当过夜间的守门人、土壤取样员和汽车司机，之后考上了布达佩斯的罗兰大学文学院，攻读匈牙利语—英语—芬兰语—乌戈尔语专业，1983年毕业，并于1988年获得大学博士学位。由于语言学习的契机，他与芬兰结下了缘分，后来不仅去过芬兰十多次，还翻译了一部名为《海流》的芬兰当代诗歌选。通过翻译，可以走进其他民族的文化，这也是他始终喜爱翻译的重要原因。

根据诗人的自述，他的大学生活“是相对严肃的一段岁月：各种执念更来换去，青春面孔的几经变幻，已经有了值得记住的东西，学会了一件又一件的事情，新的魅力也慢慢成形，而且找到了自己的真爱，同时世界在快乐与恐惧中跌宕起伏收缩变小，就在那种日渐浓稠的情感真空里，对诗歌的欲望也强烈引爆……”他所指的“真爱”，就是现在的妻子帕洛什·安娜，他俩于1983年结婚，养育了两个孩子——大卫和亚当。

在走出象牙塔后的五年里，他同时或先后担任了多项工作，比如文化部的文艺信息员、匈牙利电台世界文学栏目《呐喊》的特约

---

① 沃什·伊什特万（1910—1991），匈牙利著名诗人、作家、翻译家，两次科舒特奖、三次尤若夫·阿蒂拉奖得主。

编辑和主持人，还做过媒体记者和自由撰稿人，同时迷上了写诗。早在大学读书期间，他就开始在陶陶巴尼奥[1]的文学杂志《新泉》和《在场》上发表诗歌。1985年，千呼万唤，图尔茨的第一部诗集《穿黑漆皮鞋的助手缪斯》问世，这对他来说是人生的一座里程碑，诗人后来回忆说："出版社接到我手稿的那一周，我刚满二十五岁，合同寄出时，我已经二十六岁，而当我的处女作出版时，我已经二十七岁了。"对一位日新月异、不断蜕变的年轻人来说，这是一段美好的、充满希冀的漫长等待。

至于为什么开始写诗，他这样解释："我讨厌谎言，就像讨厌洗袜子一样。当我第一次意识到这种关联时，我才十六岁，从那时起，我一直都在写诗。作为一种挑战？我也不知道这一切到底是怎么发生的——无论我躺下睡觉，还是梦中醒来，总能听到断续的诗句，看到纷乱的画面，想出救世的隐喻，我总被这样的念头困扰：格里历对我来说意味着什么？我写诗的时间该从什么时候算起？即使是最简单的文字也是我的创作，我与它们一起哭，一起笑……我并不想夸大其词：自从我在纸上写下第一行诗后，我一直都有这种感觉。那个时候，我总能听到这样的说法，说新一代人没有面孔，没有个性，没有真实、独立的存在，缺少革命性，而且性情脆弱，如同一辆沿着固定轨道行驶的拖车，即使与牵引车脱钩，它也只能靠着惯性向前行驶。谢谢，我可不想过这样的生活！挑战？这就是挑战！"

收录进《穿黑漆皮鞋的助手缪斯》中的作品，都是图尔茨在1976至1982年间写成的，对他来说，那是人生中最美好的青春岁

---

① 陶陶巴尼奥，位于匈牙利西北部的一座城市，科马罗姆–埃斯泰尔戈姆州的首府所在地。

月，透过诗行，我们可以看到年轻诗人丰富的想象力、机敏的语言能力和锐意求新的诗歌追求。从那之后，图尔茨的创作便一发不可收拾，作品经常见于《生活与文学》《在场》《当代》《新泉》等文学期刊，越来越引发文坛的关注。1990 年，他一口气出版了两部诗集，《写给无业钢琴家的音乐》和《女人与诗歌》，随后是《美国行动》(1991)、《主啊，请给你的助手们起名字吧！》(1993) 和《长诗之夜》(1997)，其中都不乏惊艳之作。

千禧年后，图尔茨跨入更加旺盛、多变的创作期，佳作频出。在诗集《楚克瑙伊·维泰兹[①]工作室》(2000) 中，他与古代诗人做精神对话，用诗歌的形式将自己与传统相连接。在《德奥达图斯》(2001) 中，诗人借助于一个虚构的人物，探索人与历史、世界、时空的关系，用诗人自己的话讲，书中的诗行就像栗子树的林荫道，他希望能让古人和今人携手漫步。评论家维尔切克·贝拉[②]认为，作者通过这部书“在一个更高的层面上达到了人与诗人身份的认同”，称赞它是一部“史诗性的抒情诗或诗性散文”。《绿色拉比》(2001)，则是他探究自身犹太人血缘的一部重要作品，他承认传统，并通过与传统结成的紧密联系，承担起载负犹太文化记忆的使命。《发给 66 位同时代人的手机短信》(2002)，是他与同龄人展开的对话，坦述自己的所思所想，记述自己诗歌的榜样和同行者。《维纳斯的秘道》(2002) 与《情爱》(2008)，是两部集中探究两性关系主题的作品集，透过缠绵、坦率，甚至可以说“大胆”的诗句和诗意，深度

---

① 楚克瑙伊·维泰兹（1773—1805），匈牙利 18 世纪启蒙主义文学时期最伟大的诗人之一，是那个时期的匈牙利社会、文学、政治和当时人思想的忠实记录者。

② 维尔切克·贝拉（1957— ），匈牙利文学史学家、评论家、大学教授。著有《凡人的报复：图尔茨·伊什特万》(2019)。

剖解了情爱、欲望的方方面面。图尔茨无疑会有很多情人，但在生活的不同阶段或不同情况，他总能以不同的方式真诚地爱她们，结合或分手，用诗歌记忆她们，图尔茨承继了古希腊诗人对女性的想象，女人是缪斯，是“诗歌助手”，特别是《情爱》，他的诗与摄影家艾斐尔特·雅诺士[①]的人体摄影珠联璧合，畅销至今……在这些年里，图尔茨还出版了多部优美、隽永的抒情诗集，如《沉默的邀约》（2004）、《变化的记忆》（2011）、《非常》（2013）、《动漫画师的短暂苦痛》（2016）、《空虚。为了第二天的挽歌，从黎明到黎明，四个乐章》（2017）、《爱上流浪者》（2018）、《复视》（2022）和《到清晨我们就会老去》（2022）等，可以说是诗人与世间万物的随性对话，每每阅读，都能记住几个直抵心扉的句子，“我在那里是为了孤独”“像素之间喑哑的同谋”“词语在我们的舌头上解剖了我们故事赤裸的尸体”，特别是在《女人与诗歌》中的那句特别的比喻，“诗歌就像一只误落到床头的萤火虫：/即使我需要一点坚实的黑暗，它仍会闪烁。”在当代匈牙利抒情诗歌的版图上，图尔茨已成为一个重要地标，正如评论家陶尔扬·托马什[②]所说：“假如我们将目光投向当代名副其实具有感染力、影响力、能创造出崭新视角的抒情诗成就，我们肯定不能忽视图尔茨·伊什特万的存在。”

图尔茨·伊什特万属于那类既很感性又学识渊博的诗人。他的

---

① 艾斐尔特·雅诺士（1943—），匈牙利著名舞蹈家、摄影家、摄影记者，鲍罗戈·鲁道夫艺术奖得主，尤其以充满戏剧张力的艺术摄影和敏感而唯美的人体摄影蜚声世界。2008年，他与诗人图尔茨·伊什特万以诗配图的形式出版了人体摄影集《情爱》，大获成功。

② 陶尔扬·托马什（1949—2017），匈牙利文学史学家、戏剧评论家，尤若夫·阿蒂拉奖得主。

感性，帮助他捕捉感受所处时代的各种重要问题，他不仅将看到的问题当作创作主题，而且利用自己的学识、经验、智力和思辨力试图澄清或解决这些问题，因此，他不仅通过诗歌传达自己思考的信息，还能给读者一种现代的世界观。在他的诗歌世界里，主题看上去繁多而细碎，但伟大的叙事并未消失，诗人在历史经验和文化经验中找到了它，或者说，在记忆之中。与当时流行西方的、健忘症式的后现代理论相反，图尔茨相信：记忆不仅存在，而且至关重要。对他来说，世界、时间和空间都是存在的，既不是被割裂、被破坏的碎片式印象，也不是被认为比现实更美好的幻象。我们在他的诗歌里可以找到荷马、阿提拉王、老子、良宽等许多可以帮助我们了解并解释世界的历史人物，而在与个人生活紧密相关的诗作里，记忆与对话一样是他诗学的内核。

基于图尔茨的诗学，他的诗歌创作主题广泛，从日常情感到人类命运，从社会新闻到环境保护，从青春到衰老，从和平到战争，从鱼缸到大海，从当下到历史，从日常到神话，从情欲探索到哲学思考，诗人通过诗歌写作不断探究自身存在，同时探究影响并决定其个体存在的诸多因素——时间与空间，人情与环境，历史与世界。

图尔茨很具语言天赋，在长期文学阅读、创作和翻译过程中，十分注重对修辞的锤炼，他的诗歌语言精细、敏锐、奇巧而深刻，抒情与理性交织，营造出复杂的诗歌意象。图尔茨是一位与时俱进的诗人，对这个时代的语言挑战也很敏感，他不仅喜欢，而且清楚应该如何像游戏编程那样编写语言游戏。一方面表现在与同时代诗人充满机智和幽默的诗歌互动和戏仿上，另一方面表现在类似长诗《开始与结束：一个关于匈奴王阿提拉的传说》这样的作品里，我们可以看到，罗马统帅的竞技场如同电脑游戏般地需要层层过关，同时我们也可以感觉到，他是以严肃的态度编写语言游戏，最终歌颂了草原人的性情与品质。无论诗歌的语言，还是结构，诗人自始至终都求新图变，寻奇探险，因而打磨出鲜明的个性和现代性，另外，不仅着意匈牙利语特有的模糊性，还经常自造词语，并大量使用外来语，不仅增加了母语读者的阅读难度，对译者来说更意味着挑战。

图尔茨是一位勤奋的笔耕者，从 1985 年至今，已出版诗集二十四部、长篇小说十部、话剧十一部、有声书五部和广播剧多部，并为多个匈牙利乐队和歌手创作了大量歌词。他还从事文学翻译，译著约二十部，用“著作等身”形容，毫不夸张。他的诗集已被翻译成英语、法语、德语、西班牙语、俄罗斯语、土耳其语、罗马尼亚语、希伯来语、塞尔维亚语、阿尔巴尼亚语等十多种语言。由于他的诗歌创作取得的成就，先后荣获匈牙利的尤若夫·阿蒂拉奖、共和国十字勋章、共和国桂冠奖、最杰出文学艺术大奖，以及波兰、罗马尼亚、波斯尼亚、摩尔多瓦等国颁发给他的文学奖。

在不懈创作的同时，他还是一位对生活始终抱着积极态度的探索者和冒险者，从事过的职业五花八门，为他的创作积累了丰富的人生经历和取之不尽的素材。1993 至 1995 年，他连续三年成为匈牙利电视台名为“帕纳索斯山”[①]的诗歌比赛主持人，广为观众喜爱。1995 年，图尔茨·伊什特万创办了著名的诗歌杂志《帕纳索斯》和同名出版社，担任主编至今，从那之后，他始终活跃于匈牙利的诗歌生活中。二十八年过去，“帕纳索斯”已成为匈牙利当代诗歌无可

---

① 帕纳索斯山，位于希腊中部的山脉，濒临科林斯湾。在希腊神话中，帕纳索斯山是太阳神阿波罗和文艺女神们的灵地，缪斯的家乡。

替代的创作重镇，跻身于匈牙利八大文学杂志之列，举办了数百次的诗歌活动，许多年轻诗人都借助这个纯诗歌平台脱颖而出，除了杂志之外，出版的诗集、散文集、译作、评论集多达一百五十部，而对图尔茨本人来说，这早已成为他个人生活的重要内容。不久前，当他接到自己荣获了2023年度“1573国际诗歌奖”的通知，立刻兴奋地告诉媒体，他将用这一笔奖金设立一项“帕纳索斯诗歌奖”，以鼓励青年同行的诗歌创作，他的这个“以奖生奖”的想法立刻在诗歌圈传为美谈。

图尔茨不是一位传统诗人，而是一位兴趣广泛、行动力强的多面手，在音乐、戏剧、时尚、传媒、体育、教育等诸多领域均有涉足，并显露出天赋。1997至1999年，他在匈牙利音乐电台——巴尔托克电台担任《音乐之晨》节目的主持人；1999至2000年，他凭着自己活跃的思维、敏锐的嗅觉和广泛的人际，担任了匈牙利版《花花公子》的主编，为时尚圈注入浪漫的诗意；2000至2003年，他涉足戏剧，出任索尔诺克市希格利盖特剧院的文学总监；尤其令人称奇的是，在2002至2003年间，他居然还担任过匈牙利足球联赛的公关经理！2003年后他重操主持人旧业，先后在ATV、ZuglóTV和多瑙电视台主持收视率很高、影响面很广的文化节目。

此外，还有一件事情值得一提：自20世纪90年代开始，图尔茨·伊什特万还始终坚持在大学执教，先后在罗兰大学文学院和传媒学院、帕兹马尼·彼得大学和匈牙利作家学院授课，每年夏天还组织并主持写作营，由此可见，图尔茨·伊什特万是一位精力旺盛、好奇心重、行动力强、敢想敢干，而且能够左右开弓的“万能人”，丰富多彩的生活阅历，也注定了他的诗歌气质与众不同。

匈牙利笔会是拥有百年历史的重要文学组织，科斯托拉尼·德若[①]、马洛伊·山多尔[②]、根茨·阿尔帕德[③]、苏契·盖佐[④]都是笔会的著名成员，图尔茨·伊什特万长期担任笔会副主席，自2012年至今，担任笔会秘书长，是匈牙利文学生活的一台发动机。多年来，他还兼任匈牙利作家协会诗歌分会主席、匈牙利诗歌协会副主席、世界诗人大会副主席，是欧洲诗歌学院和挪威比约恩森文学院正式会员。

我认识的图尔茨，还是一位不知疲倦的活动家和旅行家，如果让我定义，他是一位“充满激情和行动力的诗歌复兴主义者”，常年活跃于世界诗坛，是当代最有国际影响的匈牙利诗人之一。评论家塞佩什·艾丽卡[⑤]对他也有一句恰当的总结：“图尔茨在寻找——但并不是为寻找他自己，而是为寻找塑成他个性的力量的源泉。”有诗歌为证，这位寻找存在源泉的人，从耶路撒冷、死海到故乡陶陶，

---

① 科斯托拉尼·德若（1885—1930），诗人、作家、记者、翻译家，20世纪现代文学的先锋和旗帜，深受托马斯·曼赞赏，是对后世作家影响深远的大文豪，已译成中文的代表作有《夜神科尔内尔》。

② 马洛伊·山多尔（1900—1989），科舒特奖得主，作家、诗人、剧作家、记者，20世纪匈牙利文学的一座高峰。已译成中文的代表作有《烛烬》《一个市民的自白》《伪装成自白的爱情》《草叶集》《分手在布达》《反叛者》等。

③ 根茨·阿尔帕德（1922—2015），尤若夫·阿蒂拉奖得主，作家、翻译家和政治家，曾任匈牙利共和国总统。

④ 苏契·盖佐（1953—2020），科舒特奖和尤若夫·阿蒂拉奖得主，诗人、政治家，曾任文化国务秘书（部长）和总理首席顾问。已译成中文的代表作有《忧伤坐在树墩上》《太阳上》。

⑤ 塞佩什·艾丽卡（1946— ），匈牙利文学史学家、古典哲学家、宗教史学家、评论家、大学教授。著有《洋葱人：图尔茨·伊什特万诗歌的深层》（2013）。

从美国的纽约到芬兰的拉普兰，从荷马、柏拉图到鲍洛希[①]和楚克瑙伊，从绿色拉比的遗产到给当代诗人的短信，从《马太福音》到艾伦·金斯伯格，甚至，他一路寻找到东方，到中国。

图尔茨说："近些年我越来越频繁地去亚洲旅行，在我的诗歌中已可以看到其对我的影响。"的确，我们在他的诗句里可以看到印度的菩萨、日本的良宽和中国的老庄，而且随着年纪的增长，他对东方的兴趣越来越大。在中匈诗歌交流方面，图尔茨也是积极的参与者和推动者。2004年，他作为匈牙利作协的代表，在老汉学家鲍罗尼[②]的陪同下第一次访问中国，在鲍罗尼的努力下，他的几首诗歌也第一次被译成汉语。在之后的十几年里，他代表匈牙利诗人多次参加在中国举办的诗歌节，或作为匈牙利作协和匈牙利笔会负责人访华，推动两国的文化交流。

在我翻译的这部中文版诗集《到清晨我们就会老去》里收录的每首作品，都是我和作者一同讨论并挑选出来的，分短诗、散文诗、长诗三部分，虽然只是图尔茨浩瀚诗作中的一小部分，但还是希望能让中国读者感受到诗人与万物对话的诗歌美学，普通人的生死爱恨和萌芽于琐碎生活的哲学思考，都能化作诗人笔下的诗意。据我所知，图尔茨·伊什特万是继裴多菲、尤若夫·阿蒂拉、阿兰尼·雅

① 鲍洛希·巴林特（1554—1594），匈牙利诗人，抵抗土耳其军的贵族，匈牙利文艺复兴后期的重要人物。匈牙利语诗歌的第一位大家，也是匈牙利语文学的第一个经典人物。

② 鲍罗尼·彼特（1935—2011），匈牙利著名汉学家、翻译家、政治学者。著有《中国历史》《中国》《我在北京的留学岁月》《毛泽东》《我的根》，译有《儒林外史》、《老残游记》和古华的《芙蓉镇》、王蒙的《组织部新来的青年人》等。

诺什[1]和苏契·盖佐之后，又一位有缘出版中文诗集的匈牙利诗人。毫无疑问，图尔茨是当代匈牙利诗歌的重要创作者，我希望通过对他诗歌的翻译，不仅能拓宽中国诗歌读者的视野，还可以帮助打开中匈诗歌交流的大门。

在匈牙利诗歌界，图尔茨是受评论家们关注最多的诗人，最重要的评著是考布代博·罗兰特[2]的《执念的秩序——图尔茨·伊什特万作品的悲剧性宁静》(2007)、塞佩什·艾丽卡的《洋葱人：图尔茨·伊什特万诗歌的深层》(2013)、维尔切克·贝拉的《凡人的报复：图尔茨·伊什特万》，每个人都从各自的角度对诗人的作品与创作进行了系统的分析和评述。上个月，我又参加了著名诗评家霍尔瓦特·科尔奈丽雅的新书发布会，得到了她写的《图尔茨·伊什特万的诗歌世界》，还没有读完。网上能够查到的评论文章和各种访谈数以百计，每个评论者都从自身感受、理解和切入角度出发，给诗人贴上了让人眼花缭乱的许多标签，如“晚期现代”“后现代”“前卫派”“传统叙事”“魔幻现实主义”“象征主义”，甚至将他与维莱什·山多尔和艾斯特哈兹·彼得[3]相比较……虽然有的说法互相矛盾，但各有道理，想来图尔茨的诗歌太过多变，很难将它们简单归类。从这个角度讲，在匈牙利诗坛，图尔茨·伊什特万的存在有着

---

① 阿兰尼·雅诺什（1817—1882），匈牙利现代诗歌最重要的开拓者之一，兴万生译有《阿兰尼诗选》。

② 考布代博·罗兰特（1936—2022），匈牙利文学史学家、评论家、大学教授，尤若夫·阿蒂拉奖、匈牙利十字勋章得主，著有《执念的秩序——图尔茨·伊什特万作品的悲剧性宁静》(2007)。

③ 艾斯特哈兹·彼得（1950—2016），匈牙利当代著名作家，大贵族后裔，科舒特奖得主。已译成中文的代表作有《赫拉巴尔之书》《一个女人》。

无可争议的唯一性。

然而，对于别人的评论，诗人的回应机智而幽默，像一位老辣的外交家，他说："我对诗歌的了解远远超过对我自己诗歌的了解。当然，所有关于我的评论我都会读，但不管好评坏评，真实与否，都不会影响到我的写作方式和作品选题，尤其是我的世界观。"同时，他也肯定文学评论的重要性，"因为我的文字就是我"，各种关于作者的评论，都可能帮助作者更接近自己，接近那个剥离了种种外表、角色、伪装的"我就是我"。

不久前，我读到一篇对图尔茨的访谈，他对其中一个问题的回答令人回味。记者问他："你的个人生活虽然时常在你的作品中显现，但同时你又是一个隐身的人物，你有没有想过写一部家族史，无论以诗歌或回忆录的形式？"图尔茨回答："我的所有作品，都是一部家族史的一部分；无论我写谁，总是根据经验和记忆来描述自己，也就是说，我通过自己过滤，通过自己了解，我总以某种方式将他人的命运与我自己联系到一起。假如现在我把它浓缩并打包到一本厚书里，读者就会丧失掉寻找和发现的兴奋感，而那些将东欧人的世界观、美好理想和敏感认知隐秘串联并相互叠加的复杂线索会像缠成一团的线头那样自行解开。既然读者感兴趣，就要付出辛劳，开始耐心拼图，其实质是由认知—理解—接受因素组成的人类的三位一体。"阅读，思考，根据个人经验、知识理解和共鸣，这是诗人对他的读者和译者的要求和期待。

"一首诗就像是一块奇妙的拉布拉多水晶石。如果从远处看，并没有什么特别的，甚至可以说微不足道，不值一看。但如果你将它拿到手里，稍微攥热，然后将它举向太阳，用正确的角度放在阳光下，它就会呈现出你从未见过的、熠熠闪光的美妙色彩。只要有手，有光，就会永远有诗。只要有手，有光，就也会有未来。我们可以相信：诗歌知道。”最后我用图尔茨的这句话结束我对这位诗人朋友的介绍，之后，让我们开始读他的诗吧。

2023 年 7 月 18 日

克罗地亚，塞尔采

# 目　录

## 第一部分

## 第二部分

第三部分

# 第一部分

FIRST

## 当液体的太阳滴淌到你心底

亡灵们将自己向深处拖拽。
他们不言不语，不饿，也不渴，
不笑，不恨，只是隐藏。
他们等待，就像故事等待
　　　　自己的主人公。
山丘，草堆，粮垛，汹涌的云，
烧成炭的橡树、钻天杨，各种草木。
四季飘落进余晖的
　　　　灰暗深渊。
　　　　　　被捣碎的寂静。

温暖的雨筛洒在湿透了的、
　　　　一直向山坡延展的
　　　　　　黄色平原上。
泥沼，泥流，泥浆，泥洼：
时间变成了水。当夜幕降临，
风将落叶吹卷到一起，

蜡焰在你手中闪着微光，
清凉的泪珠就要在你
　　　　朝向月光的那侧
　　　　　　脸上滴落。
现在要哭很容易。
现在做什么都很容易。

跨过这道槛。在你的额头上
　　　　闪着认命的光。
各种颜色和图案的苦痛
　　　　好似夜潮慢慢退去，
看上去只有顺其自然的平静。
直到清晨来临，
泛起光的泡沫，
当眼弓终于绷紧，
当液体的太阳滴淌到你心底，
　　　　你可以重新升上
　　　　　　晴朗的天空。

# 梦的死亡

"你已经死了，或尚未出生，
　　　　这是个有趣的问题吗？
"你曾在那里，或不曾在那儿，
　　　　到底发生了什么变化？
"你是我的，或从来都不是，
　　　　这会让谁感到心痛？
"你留下了印迹，或连坟冢都无标记，
　　　　这对你来说重要吗？"

你陷入沉思：自己到底做了什么，
竟配得上我提出的这些终极诘问？
你在哪里出了纰漏，
　　　　做错了什么？
在存在的巨大恐惧里
　　　　有多少祈祷毁于诅咒？

相信我，我不愿看到你受折磨。

你已经伤害了我许多次，
但并不等于说
　　　　现在轮到了我。
愤怒和迷惑在暮色中加深。
我看到你绕着自己的影子顿足，打转，
月亮也只在药片中探看。

你感觉到喉咙中的寂静，
甚至害怕万一炸裂
　　　　而不敢吞咽，
　　　　　　体验模拟的死亡。
对你灵魂来说的
　　　　许多梦的死亡。
每日黎明你都躲在茶杯后面，
你的眼泪在缓慢地压榨下滴淌。

对不起，我并不想要惊吓你。
爱人之人，能够忍耐。要学会信任。
你很清楚，即使你
　　　　也无法收回这些话语。
你的谎言在浓稠、有毒的溶液里游曳。
背叛你的人和你背叛的人

都在一起。

什么都别说，旋涡正在你的心里疾速打旋，
一首阅读自己的诗
在你疲倦的眼中浮现。
不是血缘将我们绑缚在一起，而是欲望，
让我们学会活着。一个决定
就足以让世界的中心
慢慢地转移。

现在你看我的眼神
好像我要杀了你。
好像你必须将自己
掷过一道屏障，
你必须在这紧张的时刻违背己愿
遇见另一道清醒生存的光环。
一切都会好起来的，请相信我，
尽管我又能知道什么
你不知道的事？

生活既不证明，也不驳斥，
而是简单地：存在。

一只手的洞穴般的本能

将你举在空中，

即便你相信自己马上就要坠落，

它也不肯放下。现在求你，

躺下来吧。

闭上眼睛。夜还很长。

# 到清晨我们就会老去

在人类身上，无限即疆界。

——科尔曼蒂·拉尤什[①]《野蛮人》

今夜英雄们相继死去，
这样就不会有时间破坏他们要做的义举。
仿佛他们能看到清晨始于黑夜——
鼓声、钟声和冰融之声在他们体内沉寂。
所有树叶都冻在了草里，
冰的汗水使树枝爆裂。
风用它喝得沙哑的嗓子下令：
继续！还没有结束。继续！
我们以为，我们离开了彼此。
但我失算了。无限即疆界。
攥着拳头我们自己就是风景。
假如我们现在穿越硬如玻璃碴的草坪，

---

① 科尔曼蒂·拉尤什（1946—2005），匈牙利作家、诗人、编辑。出版于1981年的诗集《野蛮人》是他的处女作。——译者注（注释皆为译者注，以下不再标出。）

我们会抵达冬季或夏季。

但如果我们追随管道、通道、电线的

拉奥孔–毒蛇[①]之路，

到清晨我们就会老去。

① 在古希腊传说中，拉奥孔是特洛伊城的祭司，由于违反神的旨意，他和他的儿子们遭受雅典娜派出的海蛇绞杀。

# 冬季墓园里的花朵

## 致安娜

在星辰的面纱后是老鼠簕绿叶忠实的轮廓。
浸在夜晚马拉松式的寂静里，
我的感官慢慢沉入你的体内。
当我这样望着你，躲到你身体的迷彩后，
在迟疑的虔诚中：我观察自己的命运。
我更像是你让我成为的样子，
而且，最终，我让自己顺从了你的意志。
你让我从黑色的斗篷下钻出来，允许我
　　　　　赤裸地在热带仙人掌之间
　　　　　　　　　茫然踯躅……

看啊，我已成为你忠实的陪伴，而且愈加紧密。
多疑之夜的守夜人，偷偷看护着你的梦，
你裹在一条满月的被单里，美丽，真纯，

雌性！你是宁静的爱巢！
当我这样打量你时，你的姿态中有着
　　　　某种动物属性。
　　　　某种原始感，不可否认。
就像你父亲，很像。
从你习惯了书籍的眼眸里，黑夜
　　　　逐渐剥掉你专注的树皮。
你的身体已是一艘疲沓的、放了气的飞艇；
我们共同的烦恼在你的额头上积成皱纹。
现在有一片树叶大小的光，紧张地
　　　　落到你棕色的胸脯上，
随后壮起了胆，让我嫉妒地，爬遍了
　　　　你柔软的影子。

你和我一起。这无限的时刻
　　只是在你体内同时发生。
就像以前整日对着哭墙祈祷，
你将水母似的脸贴在我的颧骨上。
但你并不知道：在世界面前，对我来说
只有你的呼吸是鲜活的保证，
还有你鼻孔里细小的绒毛。

当我这样打量你时，我从你身体的迷彩里钻出，
从你体内的某种在黎明颤抖的滚烫里！
过去散射成筛的词语
躺在你紧抿着的、滚烫的唇边，
不断变成斋日的记忆，
　　　　当然再也不会爬起，
但无处可逃：在你的眼球上
　　四溅着，亮如明镜，
　　在一副无助胎儿的姿势里
　　　　我重又看到了我自己。

我点燃蜡烛。
（需要这种氛围，因为我近来很少
　　温柔或忧伤。我逐渐远离了宁静，
一叶随时会翻的轻舟载着世界
　　　　跟我一同在激流中漂泊。）
七星烛台的七簇火焰：
将四季编入你的秀发，
被迫害的智慧，你的命运突然闪光，
你的面孔在明亮、美丽的光环里
　　变窄。你像是害怕，欲望从你
将要做出的动作里逃逸：你那副在平时

总是放纵不羁的、

有如室内植物般贪婪的身体，

现在从头到脚都在颤抖……

但你还是翻过身，噘着嘴，

鸟羽在你栅栏般的睫毛上拨弄。

就像一只被行人无意中踢到的刺猬，

毫无玩耍的兴趣：

缩成一团。

编织到你动作里的那些我清醒的梦

现在萦绕在我心底，

越来越快的心跳只为表明，

这种时候你也清楚：我爱你。

柠檬树的刺将你的名字刻在我的胳膊上，

如果我不能跟你一起，会比针扎更痛，

安娜！

我不再看你，克制住自己，

只是我的本能还清醒着，

在我们一起度过的那么多丰沛的夜晚，

你那些无人走过的小径

在我的内脏里绘出一幅真实可信、

比例精准的地图。

晨曦的釉光泛在你黎明的面庞。
在你闪烁的目光里我又作为另一个人存在。
又一个展开的天使般的动作，一个姿态，
随后是几个轻车熟路的激亢时刻，
烛光就已欢乐地蜷坐在你眼中：
孩子气的、黄色的光：
孩子气的黄色，
犹如冬季墓园里的花朵。

# 女人与诗歌

女人都特别喜欢我。
我说了，女人都特别喜欢我
——你们不要嫉妒。
从少年时代开始
　　我就只对她们着迷，当然
让我着迷过的
　　还有另外几件事。
自从她们发现我总是写这写那，
而且我写的东西
　　并不只与她们有关，于是
她们对我的态度变得更加谨慎。
　　比如说，我写诗。
女人对诗歌有着自己的看法：
人不能随着诗歌跳舞，对吧？
既不能用诗歌糊口，
也不能用诗歌买车，

它不仅不能永远时尚，
甚至都没有香水味。诗歌
　　就像一只误落到床头的
　　　　　　　　萤火虫：
即使我需要一点坚实的黑暗，
　　它仍会闪烁。

# 亚扪人[1]的海

这神奇的景色！

一排珊瑚礁守立在海岸线。
盐的光芒映射在静止的海面。
巨大的海贝，硬壳的海绵，
建造起飘摆在表面的生物、
　　厚如铠甲的石灰保护层。
这章鱼般的造物随着时间的推移
　　覆盖了海洋。它们是温柔的捕食者，
生活在流动的光世界，相互包容，
带着智慧的水的本能和无意识的幸福。
每天晚上它们都回到扁卷螺样的家中
　　照顾它们的后代——
　　同时，浩瀚的海洋亮出盾牌

---

① 亚扪人，居住在约旦河以东的民族，被认为是以色列人和以东人的亲族。

守护在它们周围。

这发生在地球历史的黑暗中世纪，

最后一场战争的两亿年前。

## 第六种夸克

物质的最后一块砖石究竟是什么？

是哈气？或在你头上舞动的蝴蝶翅膀？
是水的绿色巨眼，骷髅样的群岛？
或大地、天空、各种元素的邂逅？
是在人们心里燃烧的蔷薇丛、
　　地球上的武装冲突、火鸟
　　和其他神兽的象征物？
抑或伽马射线对雏菊的影响？
　　并非隐约的电击？
　　决定一切的离子状态？

要想在我疑问重重的白蚁通道内，
　　在无数公式、网络、科学偏见之间
　　　　导航变得日益艰难。

物质性的苦难和无机的享乐。

一丁点的铍，混合了

　　镭和自信——

　　再加上处于某种精神状态下的

　　　　　　　　　　金属氢。

幸存的秘籍是否已备好……？

物质的最后一块砖石只可能是灵魂。

# 原始的爱情

我缺少所有细心和审慎。
今天我又推开了你浴室的门。
你红色的（到底让我们中的哪一个发狂）浴巾
　　在我手里作为借口成全了一桩好事。
你娇羞地冲我微笑，什么都没说，
但我童年时口吃的毛病已经重犯。
我该怎么说？……不要怪我，
我局促不安，这你能从我的耳朵看出来。
但你是瞎子，而我是呆子，像淡水鲈鱼，
看不见，听不见，怔在了那里。
你的棕发，像从淋浴喷头洒下的水
落在你肩上，如同一根一根编织丝网的
　　十字园蛛，有条不紊地
　　　　蚕食了我自在畅游的想象力。

客厅里弥漫着淡淡的香水味，响着背景音乐，

桌上摆着香烟、两只水杯和你的脚，

你坐在我对面，挺直了腰

——嗯，不是等着下国际象棋——

你胳膊摆动的弧线将我迷茫的目光捆扎成束，

你筹划好的动作现在吓住了我。

犹疑的欲望藏在我眼角，当

　　从你被单的缝隙间突然闪露出夜晚的

　　意义！辽阔黑色荒野的绒花舞！

我已经没有时间口吃：开始

　　从维纳斯山丘到尼安德山谷

　　　　慢慢走下去，

你的身体是一幅洞穴图，而我

　　　　　　　　　　　　是一个原始人。

## 致命美人

这个女人令我发狂！
她把我从我的存在里揪出，推倒，撕碎，
　　　　　　　　　　她吞噬我的过去！
一台鬃毛飘舞、浑身湿漉的绞肉机，
我欲望的残酷振动器。
对她来说刀是软的，
她需要词语，声音的狂欢，
像蛇一样扭动、嗞嗞发声的皮鞭。
死亡只是她唇间的轻叹，
是她乐于分享的东西。她将世界
　　拽到自己身上，我也沉浸其中；
　　　　　　　　　　她吞噬我的过去。
假如她有时透过自己行为的窥视孔窥视，
会看到毁灭中本能的风景，许多—许多
　　烧焦的梦的树林，有时在交替发作的
　　疯狂中燃烧、散发着谦卑气味的雄性们

在婚宴次日的清晨又聚到一起，
成群结队，为让乡村婚礼漫长地延续。
这种时候，骄傲会在她的面肌上做体操，
胜利的僵硬或无懈可击的微笑。

这个女人令我发狂，
失去了她，我只能是半个人；半个男人。
一想到这里我就感到害怕：那时候
将会发生什么？
我该拿剩下的半个自己怎么办？
假若有一天她走出身体的地狱，
掸掸身上的灰，满不在乎地
带着情色的神话和耀眼的传说
在拱形的角色彩虹上方俯下身
并摘下她的面具？！

# 橡木桶（诗二首）

## （一）

在那里
大凉峰打了第一个喷嚏，
口水一直流进伊波伊河里，
在那里我第一次看到它是怎样制成。
一根威尔士橡树干被用马车运来。
爷爷努着他的小胡子跟我解释：
该做什么，为什么，从哪里下手，
剥净树皮，挖掉树洞，将完美的木料
　　顺着木纹的走向锯开。
那时我的身体还很单薄，
一个十二岁笨手笨脚的城市少年。
后来我看到，在自由的天空下
　　风干的板条被无缝拼接，
削砍整齐，加上桶底，最后上箍。

“它是空的，”
我朝橡木桶里瞅了一眼大声说。
“用不着担心。”
爷爷的喉结蠕动了一下，
“总有一天桶会被灌满。”

（二）

卡达尔[①]工业发展时期结束了。
我们站在逝水流年的葡萄山上，
周围挂满了熟透了的、
　　我们记忆的葡萄串。
各种滋味混合到一起，
许多琐碎的细节变得
　　清晰。在我们幻梦回落的暮光之弧上，
飞翔着那么多熟悉的鸟！道路沉默，
只我们在交谈。软木塞的幸福，
是能被洪水冲走。相互挤压的旧词语
　　透过空气的缝隙进进出出。
生命与美酒从这下面流出，而不是上面，

---

① 卡达尔·亚诺什（1912—1989），匈牙利政治家，1956—1988 年担任匈牙利社会主义工人党第一书记，两度出任部长会议主席。

在以超乎我们想象的尺度修建的天国畜栏的

　　辽阔里。我们既在这里，也置身他处。

我们与命运签下什么样的契约?!

我们朝橡木桶里瞅了一眼问:“它是空的?”

“不是空的。”我爷爷的喉结直到今天仍在蠕动，

总有一天桶会被灌满。

# 诸神的永恒

他取出众神饮的琼浆，涂在我们的鼻孔下，
闻起来馥郁馨香，以驱除海怪的臭瘴。
——荷马《奥德赛》第四章

神话是绝好的添加剂。
对荷马来说，是食物，对萨福来说
　　是鲜果汁。蜜酒或蜂胶，
不仅是神婴们的营养品，
还是香水的灵魂。
雅典娜将它赠予赫拉克勒斯，
鸽子把它带给宙斯，等等。
神话是绝好的添加剂。
由于稍纵即逝的欢愉
　　虚耗在天国的港口里，
大多数历史
　　只能存留于他人的词语。
这永恒是属于他们的，在这焕然消散、

寂寥无主的变化里。
从高处俯瞰，万物静止不动，
然而不妨好好地
调整一下距离。
我默默地注视，
看时间，看他们周遭的石林
慢慢变成雕塑，
蜂蜜色的眼泪
从无数黎明中滴淌。
他们闭上无泪的眼睛，
挖土坑过夜。
有谁还记得当赫拉克勒斯
从女神雅典娜手中
接过仙馔密酒时的表情？
动作里存留下的
只剩细微的颤抖，
这颤抖，属于诗。

## 陌生人

我在镜中审视自己。
自从来到地球上，我已经长老了数千年。
熔岩流早已停止，我的五官凝固成山岩。
花岗岩和片麻岩，已沿着我嘴唇的流线裂开。
恐龙也从我的视野里消失，各个大陆尚未
向我们靠近。石灰石和白云石沉积在我的眉间。
这已经结束。在我脸上，有用缓慢沉陷的小岛
点缀成的海斑：珊瑚，硬壳的海螺海贝，
虾蟹的居所。在我的额头，有山脉的皱褶。
自从我来到地球上，损失了一些能量，
我的导电性也不如以往，在我的体内
出现了某种磁性阻力。这已经结束？
在我的细胞里开始了放射性衰变；这个过程
似乎无可逆转。用学术词讲：
不可逆的过程。这……已经……结束。面对自己
和时间，或许这是最后一次地壳构造的微笑。

我独自一人，尚未完成自己的事情，

但仍怀着古老的欣悦站在

造物之镜前，等候你的指令，如果你有指令的话，

我的主。

# 友谊

我怕。

自从树木进到我的房间取暖，

我们就很紧张。

它们疑惑地冲我眨着眼：我到底

是从哪里来的怪物？

怎么会有这么多条胳膊腿？为什么

我的眼睛会闪闪发亮？为什么

我的头发不是绿的？

它们尝了一口我的晚餐，酸得皱起眉头，

它们翻了一眼我看的书，为我感到难受。

我的床让它们睡得腰酸背痛，

邮递员的摩托声令它们心惊。

不过它们爱听莫扎特。每天下午

我回到家，它们都会听到欢快的笛声。

我们的友谊开始萌芽。

今天早上樵夫来了，

招呼不打，就动手砍伐，

砍掉了我旧时光中最心爱的一段。

树木顿时崩溃。

# 我这样想象

我这样想象
你已经七十多岁
可能活到百岁，甚至几千岁
这都不重要：毕竟我们是同时代人
我们必须克服自己的执念
你说话呀！快打破你固执的沉默
你这个世界狂人——他们说，一旦听到
你的召唤，万物都会开始运动
树木缠绕着你的手指
山岭会踩着你触觉的脚印前行
星辰低垂到你的帽檐上
你的脸：一把化为灰烬的寂静
有多少未写的诗歌藏在你眼里
有多少客观的悲伤
荷马可能会这样沉思

在去纳克索斯岛[①]途中

在一个破旧的水手酒馆的门口

① 纳克索斯岛，爱琴海上的一座岛屿，位于基克拉泽斯群岛中央。

## 就像一句没说完的话

动身。必须出去散散步，花园

　　还笼罩在晨雾中。

他颤巍巍伸出手，感觉像要触摸太阳，

碰到了通电的栅栏[①]，他感觉到

　　什么都感觉不到，体内

　　细微的震颤变冷却。

动身。必须出去遛遛他的邪灵。

内心的黑夜正在泛滥。

上帝为什么要让他来守夜？

身后有声音尾随着他，

声音本身也变成了回声。

不听不睬，噪声自会减少，

装作自己根本并不存在。

---

① 为防止野生动物闯入而在院子栅栏上加装了电网。

没有什么要比抵达更纯粹。
思考将要做些什么，在他看来
　　是另一种生活，即使
　　什么都不做，那也是思考。

没有什么是真实的，
无论疑问，还是回答
　　全都落入昏暗的幽谷，
而且不知道做错了什么。
只有呜咽不断、没有旋律的哭泣声
　　扰乱他的脚步。
他的国家已不复存在，
只存活于他的心里。
他熠熠的目光熄灭了，
剩下的他想说的那些话
　　也只能借用别人的词语。

焦虑的时候，当他并不想结束什么
　　或不希望什么结束时，
　　都会感到肠胃痉挛。
为什么一切都这么艰难？
谁能再次将他生到这个世界？

动身。他知道，必须要勇敢。勇敢

　　就像是一句没说完的话。

无论发生什么，他都会做出

　　与自己为敌的决定。

日子已临近，即使想推迟也无济于事。

还有几天？他问，

在那一天到来之前

　　我还需要睡几天，

　　　　我的上帝？

# 水族馆（诗三首）

（一）

假如我们隐秘的、
　　闪着珍珠光芒的法则
　　　　滚进了贝壳

只要顺着一道光向上游
　　你仍能做一次
　　　　可以维持生命的呼吸

（二）

也许我们想的是同一件事：
我们与鹅卵石撞击的柔软骨骸
　　在共同的寂静中支离腐败
我们身上的珍珠铠甲

已经长满了青苔

（三）

在你的头发上我仍能感觉到大海

和浪头袭来时你轻微地颤抖

但是在我的内心深处

我对你的理解

还是真实到难以辨识

# 阿纳特夫卡[①]

你们看啊
无论永恒的希望再怎么
　　使我们窗户上的冰花增多
　　　　也无济于事
离开　不得不离开

呆滞的目光
拥抱时扭曲的握手
告别也失去了告别的意义
我们援引书里热烈的语句
　　放喉歌唱旧日的曲调

风
将我们越吹越远

---

① 阿纳特夫卡，坐落在乌克兰基辅郊区的一个难民村，2014年由两位犹太教拉比在一块空地上创建，主要帮助并收留犹太难民。

在伤口被撕碎的云絮里

在从发根剪掉的辫子间

皱巴巴的风景

　　沿着没有教堂的陌生城市展开

只有恐惧的钟声时刻不停地

　　　　　　　　　响在耳畔

　　就像我们离开了的家园

# 我的母亲、我和太阳

清晨她伴随着耶稣玛利亚的叹息声
　　醒来　　在她呆滞的目光里
　　　　　　　　折射出夜色
我俩拖着慵懒的身体
　　已在叠席上躺了好一会儿
　　注意着彼此的每一丝动静
混在一起了的分秒
房间也慢慢开始移动
周围堆着我儿时的巨大岩石

野蛮时刻　　母亲叫我
　　早上好我的儿子
就像用油毡布罩着的旋转木马
在五月节后　　我们毫无准备地
撞到了一起
　　　　　　　　也许并不准确

春天里的一切都是另一副样子

因此我们也是另外的我们

就像在冬天

　　攥在拳头里的寂静

或者更糟　　　　我大叫

　　早上好妈妈

太阳透过窗投射进来

## 文学的现在

在这里，在任何的地方存在过什么东西吗？

——莫尔迪凯依·阿维-绍乌尔[1]

屋外酷热，没有任何诗情画意。
空气，想象已静止不动了一个星期。
在心的港湾，船锚上的气泡
在浮到水面之前破碎。
有些声音，加速空气的流动。
细微的颤动，音乐的失重。
就连天空的湛蓝也让人心痛。
这个夏天是黑暗的囚牢。我什么都不想要。
不想要已经拥有了的任何东西。

---

① 莫尔迪凯依·阿维-绍乌尔（1898—1988），出生在匈牙利索诺尔克市的犹太诗人，1921年定居巴勒斯坦，用希伯来语写诗，并将多位匈牙利诗人的作品译成希伯来语。

文学的现在收起了翅膀，
垂下睫毛，搂抱着自己，
近乎晕厥地在阴影里瑟缩。清爽的风
再怎么吹也无用，已经好久一动未动。
他在追思自己的祖先，将他的肌肤
贴向常用的修饰语，并轻声叹息：
去你妈的，让伤口自己愈合吧！
文学的现在不需要任何已经存在了的
东西。　周围环绕着涓涓缪斯的溪流。

现在是关于青春的那一部分
一旦闪耀，就永不会消逝。
多么美丽，不是吗？美得像诗，
就像在阁楼上蒙尘的旧诗选中优美的诗。
诗集里有许多这样的词语，“永远”
“永久”“永恒”。噢，神圣的认知！
我在后脖颈感受到这些词义中令人释然的凉意。
现在很好。当时间从我的体内飘落时，我深吸口气。
在坍塌之前，秩序总会得到恢复。

# 我想起他们

我想起他们
想起那些躲藏在阴冷、昏暗楼梯井中的人
他们不断卷着下一支香烟
　　听到陌生人不祥的嗓音他们猛抬起头
　　缩成一团，身体僵硬，如放进冰箱的
　　　　　　　　　　　　　　　　风铃草
他们怀着莫名的自罪感和不可名状的饥饿
　　在过道里晃动的光线间徘徊
他们为自己积攒偷来的分秒
　　瞄中了停自行车的空荡角落
　　权当自己栖身的床
哪里暖和就到哪里取暖　　最终
　　他们忍不住将自己的脸探进了电梯的
　　　　　　　　　　　　　　　　井道

我想起他们

想起那些在身后既不会留下微笑

　　也不会留下采访和花束的人

他们只有孤独的无终无止的传送带

　　只有获准进出地下通道的自由

　　和不留踪迹的候鸟式迁徙

我想起他们

想起那些当寂静从地面八方

　　贴到他们太阳穴时想要大声尖叫的人

他们想抚摸　　也想壮起爱的胆量

想释放自己　　幻想偶尔坠入情网

他们没有炉子没有床也没有狗

只有大小不一、白色或黑色的污迹

　　和一副扇风耳　　但这都不重要

如果说他们还能属于谁的话　　也不过

　　是一个对我们来说一去不返的瞬间

已走投无路　　已彻底绝望

我想起他们

想起那些读诗的人

在钙化了的奶酪味的夜晚

他们正率领着黑衣黑甲的词语大军行进

他们在在读我的诗

但这样的人少之又少

# 这个女人我很想

目光在玩传球的游戏。
五月的阳光在目光同处的力场里
冒险。她站在那儿，一副挑衅的姿态，
一动不动，一尊石膏天使。她动起来时：
　　　　　　　　　　　　　电流冲击。
嘴唇宽阔的电流线许下很多承诺。红色的
　　马尾辫像鞭子一样抽在脑后。
　　那副希腊人的脸透过洁净的意愿之窗
　　　　　　　　　　　　　　熠熠发光。
在她的眼里有专属的美。

这个女人我很想。

就像一块大陆，缓慢地迈步。
摆动腰胯，紧实而坚定，经过太多的
　　负载力考验，季节性逆境。我的恐高症

被　　关在她可爱风景的紧身牛仔裙里。
我等待这一刻，等这个女人，已经等了
　　　　　　　　　　　　　　　　很久。
现在我能以 1∶1 的比例研究她的山水图，
可以了解她无人走过的野径、终点、交叉口，
当然还有失望。我是顽固的现实主义者，
因此，我相信实践基因的无所不能。
在有节奏的毁灭中，我相信
　　"一副肉体一份罪孽"的咒语。我的欲望
　　不存在遥不可及，本能会把我带到
　　　　　　　　　　　　　　　　安全之地。
终于两人的目光缠绞到一起。刺激与反刺激。
两副肉体相互靠近的浪涛。刹那间
　　在共处的力场里，滚烫的精华射出
　　　　　　　　　　　　　　　　白炽的光。

这个女人我很想，
很想。

# 这个人没了

怀念
艾斯特哈兹·彼得

成为碎片，就是生活本身。
他的意思是，就像野草
　　摇曳在风中。
这里的一切静止不动。
所有的名字和面孔都被抹去，
只有清教徒式灰色的风景。
他聚精会神地看着
　　一只黑羽毛的白鸟的
　　　　　　　　　飞行，
他通过雷鸣电闪，
通过动物的步态占卜。
天空无法埋葬他的专注。

现在欧德莫斯[1]的戒指

也帮不了他。

但我们也有必要诅咒：

因为黑暗不是他的敌手。

他和渐渐落下的夜幕一同

退进了昏暗，

在那里，他最终可以合上那双

能够让蛇变成黏土的

眼睛。

如他所说：没人能够抗拒

肉体归于尘埃。

漫长的梦是一种惩罚。

记下当我们醒来时脑子里想到的

第一个词。用火净化，

用水洗涤。

他这样思考，就像野草

摇曳在风中。

---

① 欧德莫斯（前370—前300），古希腊哲学家，第一位科学史学家，他是亚里士多德最重要的弟子，编辑了亚里士多德的作品。

## 甜蜜的嘴

所有的女人、葡萄酒和所有的巧克力，
都是一种语言记忆。
有时是奶油味，有时是苦味、烟熏味
　　或樱桃白兰地味，再加上一点
　　薄荷味或浓重的糖味。
有时也可以是顺着喉咙滴淌、
　　很容易融化的蜂蜜。
有时可可豆的碎渣在嘴里咯嘣作响，
味道的棕色涓涓地流淌。
这首诗也流淌到纸上，
　　仿佛被忘在阳光下的巧克力
　　融化成酱。

女人，葡萄酒，巧克力。
她们的记忆保持了自由与高贵。
只有经验可以被记录下来。

摆脱掉种种品尝的教条，
彻底丢掉愚蠢的期待。
我想我们也能获得幸福。
我们的面庞白皙，眼眸明亮，
只需几个聪明的动作
　　就能淘出真相。
仿佛在傍晚焦糖色的光线里，
被压缩的词语变成了小酥饼，
我的猜想脱离了外壳，
好像瞬间坠入了幻觉，
但是你并不会被田园牧歌所迷惑。
你早就清楚，到底什么在等待
　　我们这些投下影子的人，
在味道的合奏里，到底是什么在等待
　　我们这些能够预知死亡的人。
你站在疾风中梳理秀发，
扬尘的暴风雨淋湿你身体的印记。
你如炬的眼睛、凯旋门似的眉毛
　　和你的嘴，这张甜蜜的嘴
　　突然蠕动说：
雨后的空气里有牛奶巧克力的味道。

你说这话，一晃已过去三十年。

# 鲸之声

以三段体曲式

记乔治·克拉姆[①]的音乐

## 第一段　语音的寂静

语音的寂静

如哮喘般喘息的海流　海藻　海草

在珊瑚树间温柔摇摆的时间

曾与永恒深处的致幻迷药一起漂浮的

蓝色和波浪：是宇宙不经意的

摆手

① 乔治·克拉姆（1929—2022），美国当代作曲家，先锋派经典音乐的杰出人物，其代表作有《时间与河流的回声》（1967）、《黑天使》（1970）、《鲸之声》（1970）、《星孩》（1977）和《远古孩子之声》（1977）等。

## 第二段　　崇拜偶像的海洋

在崇拜偶像的海洋
不存在怜悯　　它会祭献大海里的各种生灵
吸收　崩解　并沉降到世界般巨大的牢房的
黑暗之中　　滚滚的波涛继续朝向无限奔涌
这是有计划的流浪　　即使骨光闪烁的长袍
也无法呵护海水拍击造成的深深伤口

## 第三段　　海底在哭泣

海底在哭泣
当海洋的腹壁由于活动的地壳
　　做出了一个粗心的动作
　　而突然破裂　　哪怕最小的浪头
也是一次次哥特式水柱冲天的
核爆炸

## 无论俗尘，还是堕落天使

那块上面铭刻了
你受膏[1]的生存法则的
　　石牌在哪儿？莫非是它为你指路
并引导你走进自己本能的迷宫？

即使真有
违背你天性的东西。

无论俗尘，
还是堕落天使
都不能让你飞到与你意志对立的那边。
不如说是你迷途的巨大步伐。
不如说是地陷天塌。

你是你自己的，

---

① 受膏，也称涂油，是将芳香的油、奶、水或其他物质涂抹到身上，为许多宗教和种族所采用，表示注入神力或神灵，或让人或事情摆脱魔鬼纠缠，病体康复或时来运转。

你完全属于你。

没有任何法则能够使你

远离自己倔强的心跳。

无论俗尘，还是堕落天使。

这是你今天要说的

最后的话。

挑衅的梦正在你的眼里聚集。

水晶线上编着你一意孤行的执拗。

在夕阳的红霞中，你仍决绝地

做顽固的石头，沉默的居民。

明亮刺目的玻璃友人[1]。

你并不孤单。

你那些与大海一起

变化、对光敏感的

亡人与你相随。

① 玻璃友人，在这里比喻亡友，脱离了躯体的亡灵。

## 哲学家入口

我写作，我划掉。我站起，我躺下。

我踱来踱去，只有我的茶冒着热气。

没有任何兴奋，好奇让我感到焦躁。

时间将盐撒在我的清晨。

我小口地呷着，逐渐远离。

想说什么，都变得越来越难。

我想把这句也划掉，但后来还是没有划。

可以把它移到那里，能把它移到那里吗?

我走在杂草丛生的坟墓之间，

痕迹都会慢慢地消失，

即便我已戒除了渴望

也无济于事。

每个人都做自己的忏悔。

我翻看我的笔记，里面记了很多：

柏拉图正准备参加一场诗歌比赛；
奥古斯丁登上一条驶往罗马的船；
蒙田滔滔不绝地讲述自己的疾患，
讲他的光头和浓密的胡须。我想以
“纯粹理性”的名义添加几句什么，但是
马基雅维利认为，“这并不是
为自己树敌的最好时机”。
克尔凯郭尔与雷吉娜分手后，一直旅行到柏林
才停住脚，他在那里，在御林广场附近
租下一个房间，之后不再从那里挪步。然而
尼采生活在一个充满创造力的激情时代，
散步在风景如画的席尔瓦普拉纳湖畔。
当第一次世界大战结束时，
维特根斯坦写完了《逻辑哲学论》，最后一句
他这样写道：“凡是不能说的，
必须保持沉默。”

我来，我走，我的剩茶已变凉。
我听到沙沙声，每一个声响都是一枚沙粒，
索然无趣地飘落。我用我过去的手
细细抚摸我苍老的面颊。
只是脸上的微笑不是那么熟悉。

我一直都很想写的诗

已悄悄地离去。

# 平民死亡事件

十一月
荚蒾树叶随风飘落
光在凋谢的树木间踯躅
阴影在旧石凳上蠕动
呼吸被裹进玻璃纸中

一个男人
醉了或困了
就像一座自行坍塌的沙雕
半途中在他忘记了的手里攥的雾
风吹报纸在他的胸前哗啦作响

这个男人
慢慢变得一动不动
他在阅读时突发心梗
在几张犹疑着侧目观望的惊惶脸上

流露出遗憾或只是空洞的好奇

他来过这里
N.N.——有谁认识他?
有谁能够认出他？众人行色匆匆
谁有时间会操这份心？夜色就要降临
阴影在旧石凳上蠕动

看上去没有发生任何的变化

# 301 号墓区[①]

## （关于一场革命的随想）

已没有什么是确定不变的。
许多只手和无数神经末梢随着春日桃花
　　天使般的拥抱
　　　　而剧烈抽搐。
怀疑，犹如一只圣甲虫，高傲地爬进爬出。
心脏在旧地图上只是一个红点。
在一张张脸上显露出意愿的负片。
黑天鹅和混凝土眼睑的时间
　　守护你们的梦。我们一起
置身于未留标记、涌向文字的寂静，
　　在无休无止之中。上帝之城。
在造物主的手掌上我们是个整体，在那里
　　记忆的铅水滴刻出

---

① 301 号墓区，位于布达佩斯十七区的拉科什凯莱斯图尔新公墓内，为纪念 1956 年匈牙利事件殉难者而建，其中包括在该事件中遭到处决的匈牙利总理、改革家纳吉·伊姆雷的墓。

命运的踪迹。

已经没有什么是确定不变的：
世界是一场经过编辑的混乱；
这宜居的生活封闭在繁华的瓮中，
替代梦想的家是无数肮脏的微小死亡。
没有必要否认，事情反正已超乎想象。
云的书法秩序早已瓦解，
太阳的碎片
躺在被撬起的
铁轨之间。

已经没有什么是确定不变的。
就让这成为对我们的抵偿。
在久居一地之后，至少有所弥补，
在风和月的边缘，
几个天使做出报喜的手势，
之后痛苦地唤出几段
与常青藤交织、被水泡涨、
无法孕育的记忆。

# 已经有一阵子了（诗二首）

## （一）

我已经有一阵子没再留意季节的流逝
我被裹在凋落遍地的花瓣的寂静包袱里
在隐秘的泥土芳香上轻轻擦蹭

怀疑和盲目的希冀不再继续折磨我
雨，徒然落在我湿漉漉的皮肤上
光，徒然无效地粘补彩虹

森林的嘈杂在我耳中只是一块愚蠢的风的磐石
我听不见夜里的窸窣
丝毫不受月食的影响

## （二）

我已经有一阵子没再留意季节的流逝
时间就像一只懒惰的蜘蛛向我爬来
追上，捉住，一点点地吃掉

我背负着诅咒，假如这承继来的诅咒是泥土味的
雨不能冲刷，风无法吹掉
彩虹只是我身上的饰物

创世纪前的原始黑暗包围着我
要想从存在的虫洞里寻找出路
越来越困难

# 伯利恒的故事

没有神——诗人站在
泥屋前说
有乐足——上帝说
并从房子里走出来

# 影子

一个影子躺在我床上
它到底是谁派来的，是谁的影子
它一动不动地躺着，赤身裸体
现在像是望着我，冲我点头
不管怎么说，这是一个有教养的影子
它从我的被子上一根根地捏起
我昔日女友褪了色的发丝
然后帮我整理了一下枕头
用一个主人式的动作请我躺下
我身上冒出如注的冷汗
真是活见鬼！我又从梦中惊醒
摆了下手，叹自己愚蠢
影子怎么会拥有躯体?
怎么会有女性的姿态?
当夏娃完美的身形
从昏暗的灰色骨头间浮现

仿佛她并不曾被一辆

挂有土耳其车牌的黄色大货车撞倒

仿佛她还活着，并快乐地呼吸

她向我伸出纤细、优雅的手臂

发出邀请

只是浴室门

令人惊悸的撞击声盖过了

她那令人难忘的嗓音

# 代替祷告

我守着自己的这份不安
就像空气守着浮尘的重量。
包裹在我旧日的肌肤下
我慢慢地溶解在自己半透明的汗孔里。
在我视线的深处，
寂静散发着大黄的气味。
皈信的背后藏着轻盈的雪花。
我祝福那个冬夜，
当你的牙齿打战
请求我原谅。

## 一个新的故事结束

在充满了你的呼吸的寂静里
我像一只小狗崽似的尖叫
躺在你渐渐远去的微笑的准心
被记忆绑缚，无情地摊开
昨天我连做梦都不敢做
今天我的情绪如此低落
我想尖叫着将自己的脑袋往墙上撞
愤怒的词语在我的喉咙里咯吱作响
我只能咽下耻辱的苦水
在我的血管里流淌着某种懦弱的忧郁
我再怎么逃跑，也是徒劳：
我—的—过—失
如影随形地紧跟着我
我想最后再看一眼你赤裸的肩头那片刻不停的
暴君的颤抖
我想最后再看一眼那能被你的泪水泡咸的

我的夜晚

你的笑声就像随手乱扔的旧物

躺在我凌乱的床上　再最后一次

原谅自己是一件最难的事

## 又一个孤独的夜晚

我紧抿住嘴，如被催眠般地站着，
　　站了很久，站在唯一完好无损的镜子前，
我觉得：在那里有一件公共雕塑，
　　沉浸在黏稠、湿滑的寂静里，
　　　　某种形而上的物质状态。

哪个特殊的动词词尾能够表明
　　我的生活如果没有你，就会变得寡淡无味？
我的自尊心为什么会增长，
　　在每个本能性节食、坐立不安的日子后，
　　　　我的疑问，多如鳞片。

自从你走后，我就毫无提防地被推下深渊
　　我躺着，在枕头的怀抱中醒来。
每个动作如燃起的火焰，
　　心和目光都在狂吠，

徒劳的欲望撕裂我的五官。

在你眉毛的黑色弧线下，在朦胧的雾中，
我衣衫褴褛，无处可归
什么都晚了：词语的蔷薇丛
也已不再燃烧，我的身体剧痛，
即使最小的动作也很痛。

我关闭自己；在变相、被迫的毁灭里，
等待一种新的虔敬的自私。
我是一张突然浸入水中的脸，
忘了镜子。回头看看我吧。
银色的月光在我们头上闪烁。

# 公共雕塑（诗二首）

（一）

你这个不要脸的，放荡女：
你没有丝毫的羞耻心，将自己暴露在世界面前，
男人、狗和风都在你纤细的
石头花样的身体上擦蹭，云朵
轻柔而狂野地亲吻，还有年幼的孩子
三月的天光围着你的身影不舍地流连，
你只是站着，忍辱，沉默
僵化在一个未完成的动作里，
等着露珠前来祝福。

（二）

你冷酷，无情：
缺少怜悯之心，将自己幽闭在

扭曲的孤独里，就像最固执的神
与凡人们玩邪恶的游戏。
在冬日哭泣的女人徒然向你伸出求助的手，
你的露珠现在像一串水石穿在一起，
而你头顶上的彩虹十字架只是
一个装饰。你已经屈服于
三维的永恒。但你先要向我走来。

# 特鲁索娃[①]的最后留言

## ——致库塔格·捷尔吉[②]的音乐

我想到那么多美好的事物和那么多的
愚蠢　　生命、死亡、希望和爱等博大的
和更博大的辞藻　　无情得如同
产褥热　　空虚将我的心紧紧扼住
六千标准大气压的孤独　　我能抓住什么
我已心力耗竭　　已自我放逐
一个无家可归的人又能指望什么呢
在我的脖颈上划满我青春的刻痕
我已感觉不到春日脱衣的手指
也没有足够的气力惩罚你
一朵无梦的云向我飘来　　在我的房间里

---

① R. V. 特鲁索娃（1944—），俄罗斯女诗人，嫁给匈牙利作家道洛什·久尔吉后改名为道洛什·莉玛。

② 库塔格·捷尔吉（1926—），当代匈牙利著名作曲家，享誉世界的先锋派音乐的代表人物。1976—1980 年间，他从俄罗斯女诗人 R. V. 特鲁索娃的二十一首诗歌获取灵感，创作了一套组歌，题为《特鲁索娃的最后留言》。

环绕着无法驱散、令人不安的灰色寂静

在我的头上饰满羞耻的壁画

生存、死亡、希望和爱　　在我回忆的

灰烬里词语滚滚而来　　为了所有

我们曾经一起做过的事　我独自承担

# 旅行

你看我有多少烦心的事情
就连火车上一扇旧车窗都打不开
陌生的风景在夜色下从我们身边滑过
树木在风中低吼　　山峦波浪起伏
至少我能够嗅闻空气　　至少
我可以触摸它　　哪怕只是一点点
你看理智将我从抒情的时空里拖拽出来
意识到我会因自己的失误而失去什么
比如某种感觉　　某种能够辨识气味的印象
所有的一切　　我在拼力挣扎时
又一次在梦里见到你
（也许你看到了清醒的眼睛看不到的一切）
在你环游世界的私人旅途中　　过去许多的欲望面孔
和沉淀在记忆中的各种动作都会形影相随
我这样想象：在你黎明甜美的微笑中
我也能够找到慰藉　　想来你的热梦

跟我也有一些关联　　自从我们一起苏醒

爱情便等同于

在两个相抵额头上厮杀般搏动的青筋

一部未书写的身体传奇的苦涩字行

风景只是形色匆忙地向前向前

太阳已在我们身后的某个地方升起

笼罩在你蓝色目光中的港湾

终于将粼粼水光映到

你眺望远方的脸颊边缘

## 故事的结局

不要告我一切都已结束
只要我们的视线碰到一起：
反正我也会知道
　　　　　　　　我知道一切
就像装在玻璃瓶里的腌黄瓜
让我乖觉地躺在
你内心最逼仄的角落
不要跟我说我是可塑的
在我的身体线条上
曲率便是制动力
我的猜测慢慢得到证实
我们周围的光开始变暗
昏暗的丝绒无情地
罩在我毫无防范的脖颈后
恐惧的暗流以不断增长的速度
一次又一次穿过我的额头

我正要弓身请求你的耐心

斧刃的光已在你眼中闪耀

疾速的弧线划到我的脑后：

我的不忠落入你的掌心

我在哪儿？　　喋喋不休？

你呢？　从什么时候开始？

我摊开四肢躺在我们记忆的被单上

词语在我们的舌头上解剖了

我们故事赤裸的尸体

# 这首歌写的并不是我

这首歌里充满了浪漫。
手拉着手，爱的低语，
两张嘴在亲吻中融化到一起，
在垂下的睫毛后
温暖的暖气片，香槟酒晚餐，
烛光和双人床。
月亮荡起剥掉树皮的夜晚。
这首歌写的并不是我。

# 让我们也谈谈那些女人

让我们也谈谈那些女人
　　她们在葡萄园小屋与夜间避难所之间
　　完成经典的过渡

她们是我本能的地下世界的居民　我的房主
她们对忠诚、床和解剖有着清晰的概念
（现在我不能提供细节）
她们可靠　谨慎　相当琐碎平庸
为了换取我们的临时劳动力　待我们如同显贵
她们炽热如火的爱的目光　从来不会让我厌倦
她们不会太花时间　也不会通过电话调查我
她们既不逼供　也不复杂
既不需要心理健康服务　也不需要衬裙式浪漫

什么都不需要　　只需要身体语无伦次的交谈

不过作为热身　她们有时会讲一个个扣人心弦的
恐怖故事　然后温柔地把你掐死
她们吸干我的血　一点一点地吃掉我
在两次行刑的间歇
在她们的眼中带着一个正在休假的刽子手的怜悯
鼓励性地抚摸
我碎裂的脸

# 裸体

浴巾掉了。
毁灭展露出它闪亮的珍珠。
我的心啊，这座巨大的壁炉，
顿时燃起炽烈的火。
香皂清香渗透到我的感官深处。
你将秀发扎起，盘在头顶，
但还是有一绺绺长发
垂落在你裸露的脖颈。妩媚的设计，
指示我的亢奋中心准备就绪。
在香烟的迷雾里　丝线之上
你任性的目光冲我迸出火星。
不容违抗的等待。
然后你突然从架子上取下一本书，
莫拉维亚[①]，如果我没有看错的话，

---

① 阿尔贝托·莫拉维亚（1907—1990），20 世纪最杰出的意大利小说家，代表作《化装舞会》《罗马女人》《情色故事》等。

然后以疯狂的缓慢放到
你起了鸡皮疙瘩的乳房上；在你眼中
有着无辜的狡黠。文艺复兴的时刻。
动作的意图再明白不过
你已站在中央，站在午后的逆光中。
你崩裂成银色碎片的身体轮廓
放大了你的身体，它像水母
开始抖动，并且充满了几何体的寂静。
拉开窗帘！我想说，快点拉开！
我要向世界展示你，作为救赎。

# 无限

明天都会在彼此中流逝。
在单色天空下，
鸟儿的肚子也已填满，
在隐隐钝痛里，
我们的记忆在很久以前
　　就已开始散落。

明天都会在彼此中流逝。
焦虑时刻—焦虑时刻，
我们那些活着或死了的鸟儿
　　喊喳叫着落到我们肩头，
我们则始终攥着
　　曾经数过的那几只，
为了得到旷达的语句，我们祈求。
最终意识到一切都没有意义：
事情只能如此，将会如此。

哦，不。不能，
　　在身体满足之前。

明天都会在彼此中流逝。
至今也都怯懦地活着；往返劳碌，
操着乡音，惊愕地回想过去，
看向太阳，一片白茫。在两种
　　可能存在的唯一之间
　　　　激发希望。
触摸事物的内心。然后
　　蜷缩起来，如同猎物，
　　最终睡去，如同晨露。

明天都会在彼此中流逝。

# 两分钟的仇恨

闪光灯，开始计时。
我的面肌没有抽搐；
毫不夸张的专注。
遵守游戏规则。
迫害的目的就是迫害。
折磨的目的就是折磨。

同一个目标，同一个准心。
动作与目标
相垂直。
目光也埋下了炸药。
你不能待在这儿
金发碧眼。
你的过去完美无缺，
你的逻辑与众不同，
你按照自己的法则活着，

暂时看来，已经
　　死而无憾。

圈子
在大多数情况下
关闭。
崩解的良心
堵住你逃生的路。
该下地狱。
滚得越远越好。
罪孽，
哦，
攥紧心脏。

# 新世界

我在水下已经十分钟了

在我想象力的耳膜上

堵着一团雾

陌生的声音缓慢堆积

海浪像风的

呼啸

我注意到

纤细的昏暗四下弥漫

我周围的光的微笑鳞片

是海蓝色的或

赤红色

我不知道

当我的新朋友们快乐地摇着尾巴

欢迎我

围着我

让我知道我已经是

他们其中的一员时

而我的鱼鳃时而还会让我感到困扰

# 关于历史的六行诗

基督们、国王们、理论家们

和在其他战役中赢得了荣耀的暴君们，

就像变成了垃圾的塑料瓶

朝着世界的出口飞去，

　　　　　直到比任何一场战争都更糟糕的、

　　　　　永恒的和平到来。

# 荷马

就这样远看　　人群是皱起并落灰的眉毛
悄悄蠕动的食道　　　　　舌根下的碎石
几块要冒咳嗽风险的手帕　　　肺的废墟
　　　　　　　　　　　　黑框里的脸
他疑惑地摇头　　　就像伊萨卡岛[①]的灯塔
站在他常站在的地方　　　在集会广场边缘
一边不停地踱着步一边努力寻找得体的动作
摆弄他那顶灰色帽子　　　　　用手指触摸
帽檐的黑边　　　　　　藏在过去脚印中的
影子如同敬礼　　　　　　　寂静弓着身子
靠在一株柠檬树上　　　　整装待发时的那种
一动不动　　他的皱纹在汗水的闪光里起舞
从近处细看　　　　　　　　　更像是颤动
灰尘在脸和嘴间筑起一道树篱　　　　无奈

---

① 伊萨卡岛，是希腊伊奥尼亚群岛之一的伊萨基岛的古称，在荷马时代就已闻名，据说是荷马史诗中的英雄奥德修斯的故乡。

聚集在他的胡子里　　　　　　　　现在
光投到他的影子上　　　匍匐在他的记忆里
告别短得就像狐狸洞　　　　　　喉咙痉挛
当他将泥土撒向忒勒玛科斯[①]的坟冢

① 忒勒玛科斯，古希腊神话人物，在《奥德赛》中，其父奥德修斯参加特洛伊战争后二十年未归，忒勒玛科斯在雅典娜的帮助下历尽艰辛找到了父亲。

## 耐心

是我所过的这个生活，使我成为我。
光与黑暗相互打量。
我不知道，这个将手搭在我肩头的人
　　与曾经叫住我的那个
　　　　是不是同一个人。

只需要耐心。我会慢慢满足你。
时间在我身上勾画，上色，渲染；
从不表达别的什么，总是它自己。
　　纯净到静默。
　　　　我已做好准备。

重新面对或再次隐藏。
对待过去需要公平。
野玫瑰围着我编成一道荆棘网。
　　我的声音颤抖，

像我妈妈的手指。

许多怀疑、面孔和漫长的季节。

耐心：看见我的那个人无名无姓！

他从我身上取走什么，我再添上，

他代我说出

我想说的话。

# 万物里都有一个指南针

万物里都有一个指南针。
你说：万物里都有一个指南针。
坠向星辰的想象，完善灵魂的游戏，还有
蜷伏在眼中那些该诅咒的深坑内孤单的
灰色恐惧。恐惧：那另一个人是谁？
会在我体内游走多久？
从那里没有回头路。疑问与
历史的殊死较量，永恒的挑战。
“因为逝去的不会再复返”
彩色的梦在石头上翻着跟头继续，变成
水和面包，沉淀在神经里，而
当你转身寻找你认为正确的
方向，为时已晚：你的举止　　　本身
　　　　　　　　　　就是绝望。

# 浪涛的黄昏

只存在还可能存在之物。风
　　　　已无事可做。动作在撒谎；
大多数词语会化成灰烬。
假如太阳——照得劈头盖脸，那么连光都不要。
　　　　让浪涛翻卷的黄昏陪你跨进新的空间。
　　　　　　永远的离去，但至少有方向。
你不可能摆脱掉她，她不会就此消失，
　　　　她在你体内，没有身体也是身体，
　　　　比失明更白。触摸她吧，
　　　　　　　当你认为，她不在眼前。

# 正在消逝

正在消逝，格外活跃。慢慢地你
　　意识到，你是你，而不是你曾是的那个你。
　　有什么东西一直在动，
隐隐约约，沉到深处，当你伸手去捞时，
　　只有空气的无法捕捉的嗖嗖声
　　　和随后的眩晕。停止，
　　绝无可能，就像天空中的一个标记，
　　　无论怎样都不可能停止。
　　你尽管疾奔，可以像云一样。
只是不要惊吓到光，别伤到它……

# 记忆模型

“我无法与过去相互妥协，未来，
（你说到这里挥了下手）算了吧，未来。”
向前，向后，都是一样。
时间和空间——只是你自己而已。
似乎已蜷缩，蜷缩成团。
这已不再是你，只是一个记忆模型。
它用词语制成，用大头针固定。
你这辈子总会死去，零—整数—零，
但也不排除分数。不管怎样：都要小心。
你说出口的话，始终
静止不动。你听！

## 净化是一种什么样的建筑

儿子问我，净化是一种
什么样的建筑？在哪座山上？
他还跟我索要照片，要我指给他看，
总之，人对肉眼可见、在某个地方
而不在别处的东西，想象起来会更容易。
假如它哪儿都不在，很难让人想象。
它需要在某处，既不近，也不远，
没有影子，不能摇晃，要有照明，
它存在，并守护着自己。
那是很棒的瞭望台——不是向外，而是向内。

# 小教堂的门在心里打开

假如有一天小教堂的门在心里打开，
　　它会是一个能够解除饥渴的避难所，
　　每天都有人推门进来，抱起我。
不需要钉子和醋，不需要眼泪[①]，
　　感激，但不会跪下，更像是休憩，
　　因为浓稠的忧伤，如同乳香：
看不见的鸟儿在寂静坚固的墙上绘出一幅壁画。
　　寻找新的词语，在里面暖身，
　　已不再孤单。假如有一天小教堂的门
　　在心里打开，丢掉的东西仍会存留。

---

① 钉子、醋和眼泪，均与耶稣受难有关。

# 清晨就像孩子的画

清晨将我的梦染得五彩缤纷。清澈的茶色，
　　月亮在锡盘上冷却，窗玻璃上是
　　　　一千零一夜的镶嵌画。你要在这儿该有多好，
你会看到水洼里新聚集的色彩大军，
　　　　冲我大笑着，飞快地
　　　　　　涂抹到客厅空白的墙上，
　　它们讲着故事，不停地讲，固执而残忍。
　　　　　　清晨，就像孩子的画，
它们填补了我的孤独。旧的场景，新的画面
　　我将它们从现实悄悄地带入虚幻。

# 你要能在这里看到该有多好

你要能在这里看到该有多好！你会看到

你自己，你们和谐相处，

无须掩饰，像未出生的

孩子，在挛缩中看自己的镜像。

你会看到一把把夜的刺刀，

看到蹲在分秒面前裸体的空翻，坠落，

看到现实的炼狱。你会看到

你将自己留在了我体内的哪个地方。

结束并没有结束。黎明的雾

在胃囊里书写积聚的希望。

# 在布达佩斯的某个地方

从飞机上俯瞰
城市是一面白色大理石感觉的圆镜
阳光将我们的目光撕成细条
言语就像安全带
紧绷在我们的舌头上
在眯细眼睛的视野里
喑哑的准许
根据马达声调整螺旋桨的呼吸
到处都是想象的逶迤曲径
或是挥动的手
或是期待已久的笑容
天空已变狭窄　　正靠近地球
旋涡让等待的瓷器发出咯咯笑声
在某个地方
在你手的周围
只有指甲的距离

## 布达佩斯

一个新的故事结束
我像狗崽一样尖叫
在充满你呼吸的寂静里
我躺在你逐渐远去的微笑的准心
身体无助地摊开
被和我们的记忆绑在一起
昨天我根本不敢梦到　今天竟会
以如此凌乱的心绪离开你
我想尖叫着一头撞到墙上
但愤怒的话语从我喉咙里喷出
我只羞惭地咽下一小口
在我的血管里流淌着某种怯懦的忧郁
纵使我逃跑也无济于事：我的怯懦
如影随形
我只想最后再一次看你赤裸的肩膀上
那片刻不停的暴君的颤抖
我只想最后再一次让你泪水里的盐
将我的夜晚腌得又苦又咸
你的笑声就像随手乱扔的旧物

躺在我凌乱的床上　再最后一次

原谅自己是一件最难的事

# 非程式化的寂静

（灵感取自欧尔班·奥托[①]《沃伊提纳的接受美学》）

如今有点什么本事的诗人

都不再写诗

甚至连他不再写诗

都不会写。

这样对他的接受

便能纯粹。

他对自己看到的一切

保持沉默

将他眼睛的阴影

逐到远处

他堵住所有的路

将指甲抠进过去的词语

用固执的沉默当作表达。

---

① 欧尔班·奥托（1936—2002），科舒特奖得主，匈牙利诗人、散文家、翻译家。

离得越远越好——
茂密的丛林，无法穿透的
声音飓风，地下的噪声
徒劳的焦躁，持续的终结。
不要现在去追究过去的罪
就让他在自己的原汤里炖煮吧
就让他留在废墟里：
既然他乐意这样，就随他去吧。
他不会将闲懒的手举向天空
即使感恩也不会道谢
想来诗人比任何人都更像乞丐
再怎么乞求关注也是枉然，
将温暖的泪水哭到纸上
将柔情分解成句句诗行
人们即使读他最好的诗也会
斥责他：怎么胆敢靠这么近
就像星辰靠近松林的树梢？
一旦达到临界高度
最好还是赶快跳伞。
夜色吞噬了所有像问号一样
　　　　向更低处垂落的手臂的
　　　　　　　　　　　嗖嗖声

每天周而复始

在非程式化的寂静里

在旧台灯下

有一只被烧焦了的飞蛾的残骸。

他一直看着，直到美丽重现

# 祖格罗区[1]的黄昏，与泽尔克[2]散步

我常来这里，我就住在附近。
我的街与他的那条交叉。迈着同步的
脚步；我放慢速度，根据他的节奏调整我的。
走路对他来说是萎缩肌肉的痛苦舞蹈，
每个滞后的动作都会疼。我听见，
他的拐杖敲击地面。这表示满意。
我们一起点头：神会心融。
在我们前方骨白色云层的边缘，
深红色的细边尚未完全消失。
暗影的恐怖统治尚未降临。
现在拐杖又敲了两下。站住。
往事之犬成群地聚到他的周围。
他抬头望着一眼 1945 年之前

---

① 祖格罗区，布达佩斯十四区。

② 泽尔克·佐尔坦（1906—1981），匈牙利诗人、散文家，科舒特奖和尤若夫·阿蒂拉奖得主。

伊琳曾将他藏起来的那套公寓。
他忍住疼痛，扬起额头。
他被人行道边的树木所吸引，
流露出几近超自然的耐心。
此刻祖格罗区的噪声在他听来就像是音乐。
云彩如同吉卜赛人的大篷车队
继续缓慢地前行。
头上是残月，脚下
是从他的身上流出来的影子。
他拄着拐杖轻咳，
并用闲着的手帮我系上围巾。
然后嘟囔了一句“我主保佑”，
消失在哥伦布大街的拐角处，
好像从未到过那里一样，
叹息声萦绕，沉陷到
黏液般的黑暗里。

## 像别人祈祷那样地写作

*那只能够造物的手在哪儿？*

在我们漫长旅程结束的时候，

你在大门紧闭教堂内的清凉里问我。

我们就像两个被夺走了乐器的

　　街头音乐家，耷拉着脑袋坐在

侧殿的嵌花地砖上。

别指望我会被迷住。

你从来都不可能知道自己的话语

　　会从什么时候开始会影响到谁。

就像一枚定时炸弹，

在你的大脑里启动，嘀嗒，

　　　　　　直到爆炸。

他们，那些能预知死亡的人，

比我们更有智慧。

只要我闭上眼睛，就会看到

他们并排地躺着，

如同青草，吸取地下的光。

这是一切信仰与绝望的根基

是无法，也不可以改变的。

夜幕降临，明天也会这样。

与此同时，诗歌继续执着地

奔跑在至福乐土的纸田野上，

“像别人祈祷那样写作。”

“像别人死去那样活着。”

“像夕阳西下那样高贵地死去。”

你从来都不可能知道，你的话语

会从什么时候开始会影响到谁。

无论我们已成年的儿子们，

我们有着熔岩般眼睛的女儿们

怎么劈头盖脸地斥责我们自私

都无济于事。

我们会哭泣，因为想念他们

我们会哭泣，因为我们知道，

他们也会想念我们。

之后我们垂下头，

在大教堂的阴凉里歇息，

并在一片缓缓弥散、粉尘一般、冲破了
凝结成坨的阴影的缝隙的光芒里，
收集到一大把希望。

# 第二部分

SECOND

# 母亲守恒定律

母亲整日都在砸胡桃。她把胡桃放到一个当作烟灰缸使用的银色、金属、生锈了的卡车轴承上，然后抡起锤子砸下去。柴可夫斯基也会为她感到自豪。她将完好的桃仁与腐烂的部分仔细分开。她已经剥好了几布袋的桃仁，最近，不仅用来支付街区医生和按摩师的费用，还能在农贸市场上换购物品。如果不砸胡桃，她就手脚不停地忙家务：做饭，当她做好饭后，跟她的花草聊天，同时观察鸟类的飞行，从而决定是否值得进一趟城。她眼睛的颜色近于《最后晚餐》的绿色调。我们一起看绚丽的翅膀在暮光中融入树林。无数小小的战争都已在我们的脑海里发生，我们只是倾听，让我们倾听时间在我们的寂静中回荡。无论在哪儿，都可以创造万物的中心。就像她用双手捧住我的脸。

# 好像静止不动

有一尊不大的雕像出现在时间的密集、错落的石头城中：那是一个头发编成长辫、身穿百褶裙的女性形象，肩头落着一只小鸟。她看上去是位少女，体态婀娜轻盈。太阳很少能照到这里；一株巨大的橡树偷走了本该属于她的阳光。这位少女，宛如透过被煤烟熏黑了的玻璃窗看到的雪。这只鸟几乎是纯黑色。既不具象征性，也不预示不祥，只是单纯的黑色。也许由于阴影的层次，使它看上去颜色更暗，也许这只是在观察者眼中呈现出的颜色。女孩今天一言不发，神色忧郁，似乎已经沿着湖滨小路独自散步了许久，感觉跟平日里不大一样，好像有些落寞，感觉失落了什么，渴望回到从前散步的记忆里，想起旧时的长凳和空地，想要躲到比她还要暗哑的石头和普通草木之间，躲到不同的风中和气味里，想跟那些她从未见过的鸟儿——艳丽的飞鸟——打招呼，给它们起各种可爱的昵称并鼓励它们勇敢，更确切地说是鼓励自己，从她犹疑的动作里可以看出她隐隐的怯懦与不安，哦，但她为什么要回头?！她并没有动，然而这跟她感觉到的并不一样，看似一动不动，但是希望在她的意识里徘徊，希望能在自己独自度过的每一时刻的帮助下较为容易地抵达，抵达词语，哪怕仅仅是一个词，这个词——能够解开她的发辫，抚摸她的裙褶，喂她肩上那只被遗忘的黑鸟。人们喜欢过她；她曾坐在碎裂的礁石上，在闪着银光的鹅卵石间，聆听被暮色染成紫红色的海水发出的哗啦声，她睡过觉，跳过舞，采过花，唱过歌，她祈祷过并爱过，她了解她的身体，了解血液的朝圣之路，了解她所发现的动作的韵律，了解被压抑的漂浮，了解在词语中列队的声音，了解喘息的热浪、羞涩的微笑和天空落到她身上的轻盈。她了解自己。那时候她也曾活着，像花草一样地活着，然而现在，她真希望自己并不在那儿，不希望看到自己总是站在的这个地方，甚至不希望看到肩头的黑鸟，希望它不在那里，希望曾经发生在她身上的一切从来就不曾发生过，也永远不会发生，即使傍晚的阳光能够穿透老橡树浓密、无情的树叶。她很想能沿着长长的湖畔这样散步，再一次，最后一次，然后去到打着漩涡、浑浊不清的湖水深处，抵达自己，无论去哪儿，只要抵达。

# 哲学简史

我的爱犬，名叫“形而上”。这天清晨，它跟往日一样拖着我去外边散步。我们怀着觉醒者才有的那种孩子式的好奇，目不转睛地望着旭日再次升上天空。虽然我还想沉醉于晨光，但攥在我手中的遛狗绳已经绷紧，爱犬已迫不及待地想继续往前走。它既不想在这里停下，也不想在街角后，甚至在报刊亭后的灯柱下、被灌木丛包绕的柔和光晕中也不想停留。习惯是一块吸力巨大的磁铁。一个月来，“形而上”每天清晨都要在一株菩提树下解决它的私事。现在到那里至少还有百步的距离，于是，我们按部就班地跑完最后一米。在我闲着的那只手中，纸巾像白旗一样招展，尼龙袋发出窸窣的声响。但是“形而上”目的明确，毫不分神。它十分相信自己的能力。它将全部注意力都集中在自身的状况上，我从未见过它如此脆弱，几乎不设任何提防。它抬着一条后腿，站在上帝造化的大自然中央，并在拉屎。它只需十分专业地动用一次气力，就会让粪便从它身体的牢狱中逃离。这是纯粹行动的时刻。之后，我弯下腰捡拾；它从那里离开，仿佛像是给予我许可。在回家的路上，关于智慧的话题我们都闭口不谈。

# 良宽[1]认为的“我们的生活”

你得到了你曾经渴望得到的一切。然而，即使是你已然拥有的东西，你也很难在现实生活中凭靠它取得成功。从外面看，你只是一个移动的影子。从现在开始，你要努力无欲无求地活着，让所有的一切也能得到你。让自己无条件地相信虚无。当偶然地不再有更多、更多、更多时。当让你感到痛苦的，并非由于你失去了什么，而是因为你始终还想继续得到。你将时间保留在忧伤形状的水滴里。从那之后，你的每分每秒都会过得很糟。放开那些你虽不想保留，但知道它们存在，并属于你的东西吧。一位虔诚并好饮酒的日本禅宗诗人认为，我们的生活是在月光照耀的湖水边漂浮的睡莲。你不一定非要盘腿打坐、手掌朝天地等待日出才能理解这一点。丢下常规的迷彩伪装。释放紧张，拧开你的阀门。

---

① 良宽（1758—1831），日本江户时代的禅门曹洞宗僧人。他是一位云游僧人，诗歌和书法的造诣很高，赞颂自然之美，其诗风对后世产生很大影响。匈牙利东方学家泰莱拜什·伽博尔（1944—）翻译出版过匈–日双语版的良宽诗选。

维持宁和，保持距离，暂时停歇。假如你不再被俗世的尘埃所污染，你将得到你从未渴望的一切。

# 只有影子守护我

当我在夜里突然惊醒，只有影子守护我。对我来说，黑暗并不是敌人。我出生的老屋与墓地为邻，朝窗外望去，在对面房屋的篱笆墙后，有两个爬满常春藤的高大石雕的十字架挡住了视线。不知道曾有过多少次，我怀着毫无戒备的平静之心从奥尔马希大街墓园的坟墓间穿过。那时候我大概八岁了，但也有可能八岁未满。有时在朦胧的晨雾里，有时在很早降临的暮色下。我能记住一座座坟墓的准确位置，我向每一位我曾认识的人打招呼。在一个不知羞耻的经验天使的引导下。而且，我为自己并不觉得害怕而颇感得意，至少我能够做出一副不害怕的样子，这种治疗方法很有效。当我在夜里惊醒时，我记得我有记忆，在几分钟之内，我确切地知道我在梦里做了些什么，我遇到了谁。

# 变化的记忆

假如你接受“重复是变化的记忆”这种说法，你就有能力掌控你观察的节奏，并会使之变成你的能力。这样一来，你锲而不舍的不完美就获得了形式，即便它并没有什么意义。你可以学着将你的记忆划分出区域。你可以想些什么，想些肯定会变成其他东西的东西。犹如一场闪电战。你可以进行训练，反正有益无害；为下一个动作积累可供借鉴的经验。坚韧的努力能够成倍地增强你随机应变的补救能力。假若你跟不上了节奏，只需转向内心，专注于内心的更深处，就可以重新开始。需要很长时间，才能让一切复旧如初。假如你接受“重复是变化的记忆”这种说法，你就有能力掌控你失误的节奏。

# 开始

## （致唐多利·德热[①]，代替写信）

我是我；这是一个好的开始，最终我将不再是我。那时候事情将这样发生。直到永远。逝去要比矿石存在得更持久。那时候我会耐心地聆听，仿佛时间的矿物之歌在我体内生长。之后我会在庞杂错乱的噪声里重新开始。传记已经替代了生活，替代词语的则是词语的博物馆。没有戒律，化石的和平。活人或亡人，都将远离造物主而存在。按照我祖父的说法，一个人活着的时间少了，死的时间就会更长。那是一个漫长的、身在乐园的存在状态。他只知道；他曾是一个制桶匠和创造奇迹的犹太智者。七个村庄都注视他的一举一动。他们偶然来到了伯尔热尼山[②]，被这里的风景和人们沉默的自豪感迷住了。他们从小亚细亚出发，经过特兰西瓦尼亚，承

---

① 唐多利·德热（1838—2019），匈牙利诗人、作家、翻译家，科舒特奖、尤若夫·阿蒂拉奖得主，荣获“民族艺术家”称号。

② 伯尔热尼山，坐落在匈牙利北部、佩斯州和诺格拉德州境内的一条山脉。

继了皮肤黝黑的卡拉族[1]猎户少年的古老习俗。我父亲出生时，他们中的大多数人继续迁徙，但他留了下来。当然，偶然并不是注定的命运。更像是一个好的开始。

① 有学者认为，卡拉族源自马扎尔先民部落的一支。

# 摘自劳伦斯·奥利维尔[①]日记

1965年2月27日

迈松鲁日工作室

走廊上是等待几何学[②]。有两个人跑过来，我看到，我们当中虽然到了几位，但还是有人没有来。怎么又是这样？这不是个好兆头。我稍微清了一下嗓子，让他们相信，在我的兜里揣有一块点金石。只是没有任何进展，空气显得十分凝重。更不要说在晚上十点钟后。散发汗味的光线，重重的踱步，门终于吱呀一声响了。我站了起来，踮起脚尖怀着迈步的冲动。我朝大厅里望去：厅里摆有十二把椅子，彼此之间的距离小得让人很难察觉到。餐具后，坐着我的十二条生命——和一个死神……艺术家先生，请……场记板啪的一声……排练开始！我几乎是被人推上台的，不过最终一切都好，第二幕开始——最后的晚餐。

---

① 劳伦斯·奥利维尔（1907—1989），英国著名电影演员、导演和制片人，多次获得奥斯卡奖、金球奖、艾美奖和英国电影电视艺术学院奖。

② 指人在等待的时候，出于无聊，下意识地琢磨视线中的几何图形。

# 名叫“书写”的神

再走十步，再走九步，再走八步，七步，血液维持着严格的节律，眼睛眯细，三，二，一，诗已经写好。你看。诗句里并没有引申出什么。在视线的封闭式花园里，变凉，晒烫。它的长句短句，慢慢滚动到一起。让人感觉在熠熠闪光，但实际照射的只是诗人自己。无论它以什么形式，达到什么水平，即使在你看来是最美的诗。诗中的每个词都攀着丝绸之梯向上爬，爬向你。严禁触碰。它跟你没有丝毫关系。它是你的。你拥有它，或丢弃它。也许你心血来潮，想将其中的一段留给自己，但是你最好不要这么做。你越是较劲，就越迷失。它不是渴望的结果，而是简单自然地这样形成。世界不存在于任何地方，只存在于内心，你说（你引用别人的话说），仿佛你想强调，你重新找回到你自己。没有什么会比你想练习离断更困难的事情。比如说，练习静默，这是名叫“书写”的神的最后举证。

# 后来国

时间在风的眼中，只是一块经过打磨的石头。当你高高地站在云堡步道旷寂的高处举目环望，准确地说，你是在俯瞰，因为就你的习性而言，这是眺望的正确方向——你的自我，或自信。在你的脸上看不到突然降临的黄昏的锐利阴影。这些阴影只有我们才能看到——我们这些在注定将会失败的圣事中奔波劳碌的人间过客，这些自尊心饱受创伤的预知死亡的人，还有其他的宗教狂热分子。我们最好还是跟“上帝的血亲”这种联想保持距离。你机械的脚步不会在通向另一种存在的砾石步道上发出咚咚的声响。从这个角度可以理解，这条路为什么寂静无声。在阳光明亮刺眼的此刻，为什么从天上投下的光是乌的，是静的。那些已彻底放下忧虑了的灵魂结伴远行，不会再迷恋尘世的美景。在那辽阔无际的寂静国度，无论你的骰子投出什么样的结果，你都不会感到惊愕。

# 不会再有诗歌

不会再有诗歌，不会再有了，既然写不出来，何必要写？我没有情绪写诗，一点情绪也没有。在白纸面前，一日如同一千年。再怎么苦等，词语也不可能像雾一样升起。世上已经不存在尚未被人吟咏过的日出。夏日冲着屋内吼叫，用烂了的韵脚使光线变暗。星辰早已伴随爱的呼吸的节奏陨落。名字失掉了它们的皮毛，碎片也不再那般执拗。词，便是一切，除了词，还是词。但我还是不能放弃。我多少次开始，多少次停下；我多少次停下，又重新开始。这种感觉如同饥渴。不会再有诗了，我最后再写这一首。其实这首诗也不是我的，而是属于所有读它的人。

# 民歌

想一些能让你感到愉快的事。你说：你的妻子在湖里游泳。你重复说：她在湖里游泳。随后添加画面：你透过乳白色的朦胧暮光编织她的身影。你在寂静中屏住呼吸，仔细观察。你可以看到：当她前后甩动湿漉漉的长发，大地都会随之震动。风为她梳头，水为她照镜。亲密的青草赋予她香气。松林守护着她的尊严。白云模仿她的动作。鸟儿争相赞美她，而你目光的金粉从遥远的地方向她撒去。夜色，隐伏在你一只颤抖的眼皮下。透过松针洒下的潮湿的光，照亮她的腰胯、胸腹、乳房等变化万千的部位。倔强的蜻蜓飞进她的皮肤与她的记忆之间。你让这幅场景变得更甜蜜：让草坪般柔软的毛巾在你手中摆动。画已画好；你的手指，这些怕冷的小鸟，终于可以飞向她，在快速降临的夜幕遮挡住你的视线之前。

# 悬浮

醒来后需要再过几分钟，我才能接受这一天，接受这副身体和这杯咖啡。我左躲右闪地穿过残骸来到浴室。其中一个残骸是夜里的一首诗，另一个是晚餐。我连穿衣服都感到很费劲，不接手机，让铃声去响吧。慢慢地，所有的一切，我拥有的一切都会化为齑粉。数字、图片、面孔都会被删除。很多东西本应保留下来，不该这样发生。一个人不该用自信欺骗自己。秋天，不会在乎秋天已至，贫瘠，寒冷，刺骨。它五彩的翅膀连同最后一抹晨曦，全部融入了拔地而起的树林。我要成为一个能够随意张开或合上手掌的人，有时跟自己的仙人掌交谈，优游自适，收起所有的旅行箱。我点上一支烟，久久地望着开满烟灰色鲜花的天之草坪。当街上的路人为了忏悔而匆促疾行，我细心观察。我终于放下了所有事情，什么都不做，只是存在，并享受存在。

# 在菩萨的注视下

我重又恢复了自己旧时的面孔。我不会受任何意图的诱导。我的注意力，平静得就像明镜似的湖面。我不断地拖延。我被邀请去另一个世界。我信，又不相信。我问，但并没有问。他的慈祥就已经说服了我。为了能够重新跨进我那已经损毁了的心灵圣殿，我必须放下一切。我必须回到我从那里逃出的地方。我迷途了，后来又找到了回家的路。我十指相扣，终于归返。我很高兴地明白：即使痛苦也无济于事。我接受无助的现实。我打开了门，其实它根本就不曾关上。只要我给予，就会获得。在我并未寻找的地方，我已然找到了我要找寻的东西。我做出决定，又收了回来。我将脊背靠在滚烫的石头上。我将花瓣撒在记忆的浪涛里。如果我抛撒，我也会守护。我这样紧紧地攥住，是为了放开。如果我放开，我也会被放开。我会变得简单。我想了解自己，想知道一切。我也想知道你的。

# 欣悦与盲目

## （泰绍[①] 岁月）

就在黑夜如同丝绸般的睫毛再次垂落在我身上之前，我走出屋子，来到院内。在地窖的入口前，家养的松鼠们每天清晨都会在我爷爷留下的一堆旧工具中翻找胡桃，十月筑起一堵喷了银色的雾之墙。烤炉似乎也缩成一团。纷乱的影子投得到处都是，之后纵身一跃，仿佛要从我跟前逃走似的，转眼消失在街道上。在狭长院落的北边尽头，天空已展开得越来越辽阔，风从大凉峰[②]的山顶吹来，能够穿透浓密、阴凉的胡桃树叶的烟熏味吹到我面前。到处不见一只小鸟，也许它们带着消息飞去了群山的另一边。每天它们都会飞去又飞回。但是今天，在我五十岁生日的前夜，夜色更加浓稠。我更愿意去看我看不到的东西。欣悦与盲目：我在烛光下自斟自饮。蚂蚁，像征服者那样绕着我的脚向酒篓方向进军。

---

① 泰绍，匈牙利佩斯州所辖的一个村庄，诗人的祖父母在那里有一栋度假屋，诗人在那里留下了许多往事的记忆。

② 大凉峰，伯尔热尼山脉的第三大山峰。

# 白色的秘密文字

（泰绍岁月）

所有的季节都变得越来越难以相互区分。昨天，雨水还敲打在隔壁的铁皮屋顶，就像将碎石子撒在棺材盖上。今天早上，不管我朝哪个方向眺望，到处都是白色的秘密文字。天空、森林和马路的钴元素，在向四处延展的风景中融为一体。伯尔热尼山峰戴着一顶大雾的帽子。风的呼啸声、斧头的砍劈声和我的咖啡机发出的呼哨声全都变得越来越响。被忘在门廊上的水罐里，水已经冻成了梨形的冰坨。还好，我没让屋子里的炉火熄灭。我深一脚浅一脚地走在落满霜花的树根与变得枯黄的野草丛间，一直走到森林的边缘。即将来临的寒冬迹象随处可见。直到开春之前，大地会将所有的颜色都吞回到等待的隧洞里。炊烟从我家的烟囱里冒出来，顺从风的意志袅袅飘摆。但看上去它仍是按照自己的情绪，在空中画出一个嘲讽的问号继续向上攀升，直到最终消失，回落，形成越来越大的烟雾。

# 存在的欲望

## （泰绍岁月）

假如有一天，我在最后一次做梦的百年之后重返这里，我将找不到任何属于我们的东西。但也许还能找到什么。有一种感觉的气味慢慢地溶解，蔓延，像影子一样翻转。图像现在开始生成。我看到了自己生命的初始。眼睛将不同的时间层相互折叠在一起。各种物品充满了光，黄色的火焰明亮刺眼，仿佛从酒窖里射出，跨入阳光的世界。天空展开；青草、野花随风摇摆；新鲜的空气送我们的飞鸟旅行。风是可以信任的造型师。开始的时候它神色迷蒙，也可以说，它很享受这里的生活。风推开窗户，擦洗地板，寻找脚印。翻土，挖地。秋日的气息已不能更温暖更亲切更揪心。令人伤感的旧事均已逝去。其他的话语占据了空虚。它们丰富了我，从我体内流出，在我体内流淌。后来钟声响起，但只是在我的耳朵里。假如有一天我重返这里，那时候这里的天空、大地、伯尔热尼山的风景、泰绍村的房子都会变得空寂，空得就像在墙壁之间保存了已故信徒们祈祷的教堂。

# 它像从神话里走出来

（泰绍岁月）

今天我从早到晚都在为冬日采集阳光。我对由一簇簇枯萎褪色、落满霜花的野草组成的大军进行检阅。我劈砍木柴，整理好几块松动了的屋瓦。我告诉邻居家的女主人，凌晨时，当我被持续不断的窸窣声惊醒，站到门廊向外张望时，有一只鹿就站在院门前。它像是从神话里走出来的。它将鹿角歪到一边，在朦胧的雾气中喘着热气。它没有动弹，我也没有。森林不断弥漫的银色雾气覆盖在它湿漉漉的、冒着热气的脊背上。我抬起手向它打了一个招呼，它眨眼之间就消失在浓重的雾幕之后。鲜花的晚祷还在继续。从我祖母莱吉娜口中吐出的那些能换来面包、祛除病邪的咒语在原地狂奔的草坪上呼啸，回荡。在这种时候，草地变得平坦舒展，裂缝和童年时代的伤疤都会闭合。眼皮下感到一股令人惬意的清凉。

# 所有的门都敞开着

## （泰绍岁月）

我住在位于森林边缘的一栋刷成白色的土坯房里。那是一个像皮带一样狭长的地方，位于伯尔热尼山脚下。泰绍村，伊波依河[①]地区，匈牙利。我很喜欢这样描述它，说它时：感觉就像我在采摘花朵，并用一个熟练、自然的动作将它们的茎秆捆成一束。我家的老屋有一道门廊，庭院里有一个烤炉，屋后有一个长长的、拱券式的地窖，前面有一个阴凉、带顶的休息室，我们称它为葡萄酒屋。大家都说，这是村子里最漂亮的一栋房子。有人问我，为什么我要在这里过半隐居的生活？这里的苹果长得很大，扔苹果的孩子也长得很大。妇人们将笑声灌进水桶里。在这里，你可以感受到土地的重量与气息。我也将自己融入了风景。进来吧，不用敲门，这里所有的门都敞开着。我们有什么必要将自己封闭起来？我们有什么好提防的？在充满寂静的空气里，烛火今天也在为死掉的那些动物的灵魂起舞，

---

① 伊波依河，东欧的一条河流，流经斯洛伐克和匈牙利，在匈牙利的埃斯泰尔戈姆市流入多瑙河。

唤它们重生。那些没有来过这里的人，不会知道自己失去了什么。

# 散文的战争

## （泰绍岁月）

我从清晨就开始读书。屋外天寒地冻，冰冷刺骨，冷风撕裂皮肤，如果由着它的性子吹，一个人可以被割得只剩下骨头。我忧心忡忡地望着光秃的树木。先是乌云密布，笼罩住一切，之后抬眼可以看到天空。窗外的风景，就像一幅巨大的玻璃画。在我的书桌上，正进行着一场散文的战争。它既令人振奋，又令人绝望。一切都是别人的，只有时间是我们的。无限，零，桌上的预言，节日的古老舞步，甘松的香气，从未出现过的原型。耶稣的手在罗马十字架上。让音乐随风而去的山峰。在一棵菩提树下，在阴凉的小酒馆内，在前往伊萨卡岛的途中。在西奈山上或约柜施恩座上的干渴的神学。看上去它们并没有相互关联，如此而已。如同两片雪花。它们的故事，也已经成为我的故事。我通过遗忘，来保存它们的过去。但是在我忘记之前，我会重温它们。夜色，正悄悄地渗入那些正朝向海藻般稠密的梦境驶去的城市的神经纤维。

# 重新开始

站起来；打开窗。我清楚地看到：你的胳膊已经很久没有向上举起，你的手指此刻也很僵硬。窗帘外的世界变化得太快。你刚一回到喧嚣的世界，就忍不住打了一个哆嗦。你还是听听吧，你的老保姆——风，正在大声地哼唱。虽然你的身体是由血肉与黎明构成的，但你并不缺少能够点燃火焰的记忆触觉。你忍受它用那秋季柔软、打喷嚏的狗鼻子在你身上擦蹭。你看上去很糟糕，无论你多么努力地调整自己，镜子都会对你做出痉挛性的反应。你必须忍受自己的脸孔，保持这样，我在这里为你勾勒出的你的模样。现在我要将你未说的话语从你的嘴里掏出来。现在我不拨弄你指尖上的烬火，我将黑暗的港湾留在你的眼睛里。你要学着适应光线不足，学会如何冷静下来，沉到零和时间之下；甚至，你在自己身体的周围感觉不到风。你已经不再想要任何东西，现在你什么都不再渴望，你已然启程。你将成为自己准备成为的那个人。关上窗户。重新开始。

# 第三部分

THIRD

# 开始与结束

## ——一个关于匈奴王阿提拉的传说

说话可信的人讲
（但神知道得更多）
在东罗马帝国
曾住过一位名叫阿斯帕尔[①]的大统帅
他将他最好的建筑师们
都召集到自己的城堡
并向那些曾在勇士比赛中
获过奖的士兵下令：
要他们想出
并修建一座他从未见过的
难度要登峰造极的
障碍训练场
在那里不可能有谁

---

① 弗拉维乌斯·阿尔达布尔·阿斯帕尔（？—471），东罗马帝国将军，5世纪有影响力的政治家之一。

能够活着闯过所有关卡
而那些不想把命丢在这里的人
只能忍受深深的羞耻当场放弃
在这道障碍前
要么伤得臂折腿断
要么浑身皮开肉绽
甚至连爬的力气都不会再有
残留的勇气只够传到筋腱。
赛道共由九部分组成
不同的项目按照次序
前后衔接
只在某一处留下
唯一的选择机会
但那也是一个陷阱
谁若选择看似容易些的路径
即使他是天生的斗士
也会面临就他的身体而言
根本难以完成的考验
失败　唯一的结局。
这将是一件出人意料的残忍之作
奇迹与毁灭
几何形的沙盘模型

纪念碑式的

虚荣的希望——圣尸殿的

装置艺术

道德与冷血

野蛮的罗马神庙

在排成迷阵的标杆和石柱之间

要想掉头十分困难。

考验从跳马开始

巧妙保留了

赢得尊严的可能性

等待光荣斗士的下一关

是轻标枪

共掷三次

必须投中靶子　若在以往

靶子是固定在木十字架上的稻草人

而且有人说　　稻草人看上去

很像盖萨里克[①]。

需要说明的是：

---

① 盖萨里克（389—477），意为“矛之王”，出生于现属匈牙利的巴拉顿湖地区，汪达尔和阿兰国君主（428—477年在位），曾率军征服北非，洗劫罗马，击败东罗马帝国。

在伟大帝国的隆重庆典上
为了满足观众对刺激的渴求
和对赌博的狂热
为了赢得民众和显贵们
欣狂的尖叫
他们用战俘
替代了5世纪初留下来的
稻草人。
在颠覆性的变化中
也需要一点点恒常。
之后必须下马
在一条时而遮蔽
时而只有齐胸深的
长长壕沟里奔跑
这时悄然落下一阵箭雨
箭矢从两侧
射向毫无防护的肉身。
有幸没被射中的人
终于闯到壕沟的尽头
此刻面对两条
并行的通道
他可以决定走哪一条。

那些不惧怕自己影子的人
会在越来越高的木板间
沿着陡峭的上坡
在一条蜿蜒小路上奔跑。
如果谁的运气不好
选错了方向
就会看到一块巨大
抛光的石球迎面滚来
躲避是不可能的
他只能惊恐万状地掉头逃跑
气喘吁吁地回到
之前的那个岔路口。
如果谁做出正确选择
在终点会看到几根
被称作“狗母梭”的细尖投枪
他要弯腰捡起并继续奔跑
迅速翻过
一道十米高的石墙
为了调节气氛
士兵在锋利钩枪的准心
被剐得只剩下骨架
台上的观众欢呼雀跃

只要被重标枪击中一次
不是掉下条肩膀
就是断一只手
皮开肉绽
血流如注
之后为了缓解一下气氛
用四个孩子大小的岩石
垒起一座金字塔
当然要在标枪
尚未从天而降之前
光秃的头上扎出了窟窿
但是没有退路，只能向前
反正无论肉体如何努力
结局都是死亡
抓住一根悬空的绳索
渡过一条人工河
带着令诸神喜悦的希望
冲向最后一道障碍
可以猜到
那是一道死神咆哮的凯旋门
反复受伤流血的肢体

已被折磨得苦不堪言

但是没有怜悯

落水的人会被立即射杀

生命就像嘴里呼出的哈气

从身体里蒸发

他只能在来世感受

河水的冰冷

下一项竞技

是穿过一片刚刚灌满的

没到大腿的泥沼

在最深的地方

等着他的是十几个

狩猎陷阱

一旦踩上意味着星辰般的绝望

最后一关

终于

要高举行省的旗帜

穿过半个斗技场大的

一马平川的沙场

并将它插在地上

插在正在畅饮琼浆以示祝贺的

东罗马君主的宝座前

假若沙场上没有什么可看的东西
英雄主义还会有多少价值？
竞技场上三个地方有毒蝎
还有三架巨大的
连弩车
我们不要忘记
这在当时相当于重型火炮
快速连续地
射出铁铸的利箭
钢铁给兵器封神
我们会说，噢，不
这是系统性的捕猎活人
在如此登峰造极的残忍中
人会几番丧命
当死亡的弧光
从四面八方向他投下
他站了起来
他的目光再一次
最后一次
将诅咒撒向天穹。
只有承诺是不朽的。
然而大将军阿斯帕尔

对此却有不同的看法

当他邀请有斯基泰人[①]血统

影响力很大的

东罗马贵族——

弗拉维乌斯·高登蒂乌斯[②]

和他高贵的意大利妻子

以及众多的宫廷侍从一起

前来他的军营

他将骑兵团统领的名字

跟他那个历史上无情无义的儿子——

西利斯特拉的弗拉维乌斯·埃提乌斯[③]

——的名字搞混了

埃提乌斯还是十三岁少年

跟与他同来的匈奴小单于

---

① 斯基泰人，公元前 8 世纪至公元前 3 世纪生活在欧亚草原上的印欧语系东伊朗语族的游牧民族。

② 弗拉维乌斯·高登蒂乌斯，日耳曼血统的罗马骑兵统帅，弗拉维乌斯·埃提乌斯的父亲。

③ 弗拉维乌斯·埃提乌斯（391—454），罗马护国公，对西罗马皇帝瓦伦提尼安三世（396—454）有着举足轻重的影响力。早年他曾在西哥特人和匈奴人那里做过人质，后来率兵击败匈奴人、法兰克人、勃艮第人和哥特人，被称为“最后的罗马人”。

——阿提拉[①]同岁

阿提拉是匈奴大单于蒙祖克[②]的儿子

少年时代就作为人质

作为和平的抵金

在霍诺留皇帝的罗马宫廷

度过了漫长的一年

他们一起玩投枪

耍木剑并结成好友

直到命运做出另外的安排。

哈德良的后裔阿多尔扬特

和在罗马人那里获得副统帅名衔的

匈奴将军阿普西克

被派去保护这位身份显贵的匈奴少年

他俩都是久经考验的斗士

喜欢打赌

喜欢获胜

喜欢展示东方的美德

---

① 阿提拉（406—453），匈奴帝国君主，即“匈奴王”，被欧洲人称为“上帝之鞭”。阿提拉十二岁时作为人质被送进罗马宫廷，不仅受到良好教育，还对罗马帝国也有全面、深入地了解，这对他后来统治匈奴帝国、征服罗马都有很大帮助。

② 蒙祖克（390—434），匈奴大单于（415—420），卢阿的哥哥，布列达和阿提拉兄弟的父亲。

有钱的主人们很清楚这一点
于是以每人 500 索利都斯[①]
与他俩打赌
赌他们不可能在这座远近驰名的
障碍训练场上取胜
如果他俩能成功穿越
这些金币就归他们
如果中途放弃
便将蒙受耻辱
而这位教训野蛮人的城堡主人
则再添荣耀
在当时这是一笔巨款
匈奴人卖一个俘虏
也只从罗马人那里得到 8 索利都斯
打赌的消息迅速传开。

围观者、慕名者和私赌者
蜂拥而至
出于教学的目的
两个年轻人被推上了竞技台

---

① 索利都斯，最初由古罗马发明的金币，也常被用于金币的量重单位，1 索利都斯等于 4.5 克。

让他们训练
面对面比试
罗马自古崇尚超人的力量
和无敌的勇气
他们一辈子都会记得
是什么让人伟大
是什么让人毁灭。
当阿普希克副统领从一堵石墙上爬下
大腿被一根矛头带钩的投枪刺中
观众席发出第一阵尖叫
这位不幸的勇士失血过多
已经丧失了说话的气力
他徒劳地尖叫
在下一道障碍处
无力举起石块
他面目扭曲着正要放弃
一根从头上落下的长矛
刺穿进他的脊椎
就像一头被肢解的野兽。
观众山呼皇帝万岁！
阿提拉闭上眼睛，
想到了自己长大的地方

圣地——恩盖迪[1]

和那只曾几何时

一个身穿阿拉伯长袍的

黑眼睛的沙漠猎手

以同样手段

在他眼前杀死的

受伤的羚羊。

勇敢的阿多尔扬冲出得更远

他连续通过了手和心的考验

在泥海里爬行

当他踩到最后一个陷阱

并被夹断了脚踝

距离目标只有几步之遥

无法继续

他只能无声地咬紧牙关

举起流血的右手表示投降

随后在观众嘲笑的欢呼声中

拖着脚上的捕兽夹

忍着无奈的羞耻

---

① 恩盖迪，位于以色列境内的一处绿洲，阿提拉曾在那里生活过一段时间。

艰难地爬到裁判跟前

随后晕倒在地。

与此同时

他那隐藏了童年恐惧的诱惑天使

在可怖的梯形天空下

飘来荡去。

阿提拉已经成年

但记忆总是缠绕着他

挥之不去。

他发誓

要让阿斯帕尔大统帅

顺从天意

来他的军帐

看一看匈奴大单于的

宏伟而简单的竞技场。

他接连攻占了罗马人

一座又一座的防御工事

经伊利里亚[①]

穿巴尔干半岛

---

① 伊利里亚，欧洲历史上的一个地区，位于今巴尔干半岛西部，亚德里亚海东岸。

远至阿尔卡迪城[①]

他听说尼什[②]城的司令官

与阿斯帕尔是旧相识

于是派他去见大统领

只需传话给他：

自从哥哥布莱达死后

他一直很伤心

始终孤独地统治这个帝国

他心里也怀有巨大的恐惧

不过他也有一座简单的竞技场

请罗马大统帅

顺从天意

在他金盔铁甲的卫队

陪同和保护下

一路来到蒂萨河畔

假如他有胆量和荣耀

就来看一看。

我在这里想说一句听似题外

但与主题相关的话：

---

① 阿尔卡迪城，古希腊的一座城市。

② 尼什，塞尔维亚南部的一座城市，罗马皇帝君士坦丁一世的诞生地。

匈奴人并没有滥用自己的地位
而是给了这位官爵显赫的俘虏
以足够的尊严。
他刚一到达
阿提拉就摆下盛宴为他接风
丰盛的程度连萨珊王朝[①]的君主们
都会羡慕不已
尽管波斯人在排场方面十分擅长。
第二天他安排罗马客人
在卫队严密的护送下
动身前往帝国东部的中心
——哈瓦邵尔菲尔德[②]
他在接见了随使团前来的雄辩家
帕尼翁的普利斯库斯[③]
随后就会赶上他们。
普利斯库斯是享有盛誉的杰出书吏
写下了所有

---

① 萨珊王朝（224—651），也称波斯第二帝国。

② 哈瓦邵尔菲尔德，也译作瓦拉几亚，是一个历史与地理上的概念，地处下多瑙河以北、南喀尔巴阡山脉以南，现为罗马尼亚的一部分。

③ 普利斯库斯（约410—472），5世纪时期罗马的一位外交官、历史学家和雄辩家。公元448年，他跟随马克西米努斯的使团，奉狄奥多西二世之命出使匈奴帝国，面见匈奴王阿提拉。

关于匈奴蛮族的特殊相貌
关于他们的习俗和穿戴之物。
写下的文字如同君王
要比伟大的君王还要伟大。
因此匈奴人认为
只要他还未化为尘埃
他的荣辱就会随时间
无限存在。
终于他对阿斯帕尔大统帅说：
我带你看看匈奴人的竞技场。

他们再次面对面地站着
阿斯帕尔被绑在一匹快马的马背上
两个人继续向东行进
旅程总共花了十天
他们不停地继续往前走
食物也是在马鞍上吃
他们终于停在了大草原的深处
那里的地平线
就像均匀撒在阳光下的审判
无论他们转向何处
看上去同样遥远。

这里是匈奴人可怕的竞技场

阿提拉说

构造相当简单

这里既没有墙壁和武器

也没有诡计或石球

没有比距离更大的障碍

但没有人能够征服它

说着他解开了阿斯帕尔身上的绳子

放走了骏马

将他留在了

大草原的瀚海中央

让他饥渴地死在那里。

荣耀归于还没死的人。